集英社オレンジ文庫

花は愛しき死者たちのために

罪人《つみびと》のメルヘン

柳井はづき

JN054267

本書は書き下ろしです。

Contents

イラスト／香魚子

そうして白雪姫は長い長いあいだ棺《ひつぎ》の中に横たわっていましたが、少しも変わらず、まるで眠っているかのように見えました。それというのも、姫君はいつまでも雪のように白く、血のように赤く、黒檀《こくたん》のように黒かったのです。

雪が降っている。

白く曇《くも》った硝子《ガラス》窓の向こうに見えるのは、雲に覆《おお》われた空と雪化粧の森だ。果てしなく続く冬の景色が、この小さな部屋へと世界を閉じ込める。

薄暗い室内にはマホガニーの書棚がいくつも立ち並び、部屋の影を一層濃くしている。静けさの中、暖炉《だんろ》で薪《まき》の爆《は》ぜる音がした。

書棚の片隅《かたすみ》に、誰かが手を伸ばした。

そこへ整然と陳列された黒い背表紙の一つに指をかけて、ついと引き抜く。革の表紙に金字の題が刻まれた、分厚く古めかしい本だった。

表紙を開くと仄《ほの》かに花の蜜《みつ》を思わせる甘い香りがする。

左側の扉絵は、仔鹿《こじか》に寄りかかって眠る少女を描いた銅版画だ。その上には白い衣を纏《まと》った天使が翼を広げ、両手に一輪ずつ花を携《たずさ》えて、少女と鹿とを見守っている。

そして右の標題紙には、飾り文字《フラクトウール》の題名を囲むようにして、咲き乱れる花で編まれたリースの絵が印刷されていた。菫《すみれ》に鈴蘭《すずらん》、ライラック、それに大輪の薔薇《ばら》……インクの陰影のみで描かれたそれらは、色がついていると錯覚するほどに生き生きとした姿をしている。

永遠に枯れることのない花に彩られた、物語の庭へと続く門。

――確かにこの本に相応《ふさわ》しい、と本を手にした男は思った。

そこに収められているのは、昔々から語り継がれてきた幾多の御伽噺《おとぎばなし》だった。いつ生まれたのかも、誰が語りはじめたのかも分からない物語たちは、文字の形をとることで永遠を生きる術《すべ》を手に入れ、美しい姿を留めたまま長い時を流浪し続ける。

まるで標本箱の蝶《ちょう》のように。

人はどうしてか、そんな存在に惹《ひ》かれてしまう。あるいは人が惹かれるからこそ、悠久の時を渡ってゆく力をもつことができるのか……。

男の瞳が輝きを帯びる。その色は深い青——数多《あまた》の死を内包してなお美しく澄む、底知れぬ湖沼《こしょう》の色だった。

そして、男は頁《ページ》をめくった。

林檎と贖罪

夕陽《ゆうひ》が床を赤く濡らしていた。

出窓の向こう側では、行き交う人々の姿が暮れゆく街を彩っている。

——静まり返ったその店に客の姿はなかった。

ただ窓際に一つだけ、ぽつんと佇《たたず》む影がある。くすんだ緑地のツーピースドレス。幅広なレースが襟《えり》元と袖《そで》口にあしらわれた可憐《かれん》なデザインは、旅行用を意図したものだ。かつては目の覚めるような若草色をしていたのだが、今では褪色《たいしょく》し、象牙《ぞうげ》色のレースも幾分か白茶けている……そんな古物を纏《まと》うのは無言のトルソーだった。首も足もない彼女は外の景色を見つめながら、もう訪れない旅立ちの日を思っているようだ。

レーネもまた、陽の当たらない店の奥で一人、接客用の卓子に頬杖《ほおづえ》をつきながら物思いに耽《ふけ》っていた。広い天板は布地を広げるのにちょうどよいが、ひとりきりで使うには些《いささ》か心細い。

女主人はぼんやりと表通りを眺める。薄茶の髪は飾り気もなくひっつめられ、横顔の青白さが際立つようだ。一見して神経質な印象を受ける顔立ちは、しかし憂《うれ》いを帯びた表情や耳元の後《おく》れ毛によって、どうしようもなく疲れて見えた。

虚《うつ》ろな瞳に映った窓越しの街路を、黒い馬車が一台横切る。

——どこかで赤ん坊の泣く声が聞こえた。

ふた月ほど前、隣の古道具屋の若夫婦に子供が生まれた。

五十過ぎの気のいい女将《おかみ》は初孫の誕生が嬉《うれ》しくて仕方ないようだった。以前からよく声を掛けてくれたが、最近は店の前での立ち話も何かと孫の話になりがちだ。喋《しゃべ》りすぎたと気づいて困ったように話を切りあげるものの、翌朝にはやはり同じように楽しげに孫の話をする。そういう女将のことが、レーネは嫌いではなかった。

けれど泣き声はどうしても耳についてしまう。近頃は静かな時でさえ、赤子の声が聞こえるような気がした。

目を閉じて、ゆるゆると首を振る。そろそろ店じまいの時間だ。もっとも、開けていたところで誰が来るわけでもないだろうが。

そうして彼女が重い腰を上げた時だった。

リン、と涼やかなベルの音とともに、色硝子《ガラス》の嵌《はま》った扉が開いた。

夕陽に染まった床に影法師がぬるりと這《は》う。夜が足早にやって来たかに思われた。

扉の前には、一人の男が立っていた。

山高帽を目深《まぶか》に被った背の高い男は影そのもののようだった。仕立てのよい濡羽《ぬれば》色の揃《そろ》いに、同じ色の手袋。墓参の戻りのような装いだが、その男にはあまりにもよく似合っていた。まるで、いつ誰が死んでもよいよう予《あらかじ》め支度がなされているかのように。

「……いらっしゃいませ」

言葉を失っていたレーネは、我に返ったように声を掛ける。

男がレーネを見た。帽子の下から覗《のぞ》く瞳がどきりとするほど青い。端整な顔立ちからはどうしたものか年齢が読み取れず、ただ暗がりの中で輝く瞳だけが男を印象づけていた。

「ドレスを一着、お願いしたいのだが」

空気にしんと響く低い声で、男は言った。

「……あなたの?」

試しにそう訊《き》くと、さして可笑《おか》しそうでもなく彼は一笑する。

「私のものは足りているよ。大事な服を汚してしまった、困ったお嬢さんがいてね」

「まあ……では、お直しをいたしましょうか？　それとも新しいものをお仕立てに?」

「貴女《あなた》に任せよう」

お引き受けいただけるかな、と言う男に、レーネは軽く眉をひそめる。

「ええ、構いませんわ。……ですが今日はもう店を閉めますの。申し訳ございませんが、また日を改めておいでくださいな。今度はお嬢さまをお連れになって」

若い女性がドレスを仕立てるというのなら、大抵は本人が訪れるものだ。よほどの貴婦人なら使用人が代わりに来店することもあろうが、ここは街の小さな仕立屋にすぎない。

贈り物だということなら分かるが、そんな様子もない。ただ必要だから来たとでも言わんばかりの、ずいぶんと冷ややかな態度だった。

「ドレスを纏うのは仕立屋ではありませんもの。大切なドレスなら尚更、お嬢さま御自身がお決めになるべきですわ」

「——これは失礼。だが少々人目を憚《はばか》る事情があってね。彼女は自分で来られない」

「それは……」

「引き受けていただけるなら、貴女を彼女のもとへお連れしたいのだが、いかがかな？」

ためらいの表情を浮かべ、レーネは口をつぐむ。「人目を憚る」とはあまり穏やかでない響きだ。何か病気があるとか、ひどく容貌《ようぼう》が悪いとか、そうした事情だろうか。でなければ本当にどこかの貴婦人とか——。

そんなことを考えそうになり、すぐに否定する。

この寂れた店がそんな栄誉を与えられるはずもなかった。少なくとも今のこの店には。

レーネは男を見据える。この上もなく怪しいが、端々から妙な品の良さを感じさせる男。

「……失礼ですが、なぜ当店をお選びに？」

何の感情も読み取れない、無慈悲にさえ見える冷たい色の目をすいと逸《そ》らして、男は窓際のトルソーを見た。

「私は女性の服飾品に明るくはないが」

「……」

「あれは良い。時が経《た》っても古びない意匠だ」

ぎゅっと胸を締めつけられるような気がした。湧き上がってくるのは長らく忘れていた喜び、そして、それと同じだけの悲しみだった。

しかし男があのドレスを気に入って来店してくれたのだとしたら、その希望に応《こた》えることはできないだろう。

「あの」

「それに、流行《はや》りの店では請け負ってくれるか分からないのでね。ああいった大きな店は面倒事を嫌うものだから」

「はあ……」

断ろうとする言葉を遮《さえぎ》る明け透けな二言目に、肩から力が抜けるような気がした。

なるほど、そちらが本音か。ならば確かに、この店はうってつけかもしれない。

天井まで届く作りつけの棚にぎっしりと詰まった、サテンやベルベット、タフタにオーガンジー。豊かな色彩と柄が魅力的なテキスタイル。女性たちの胸をときめかせてやまない何種類ものレース。光沢も美しいリボンの数々。

それらは暗がりに沈んだ店の中で何カ月も、ものによっては何年も使われないまま、ひっそりと己の不幸を嘆いているように見えた。

入れ替わることなく色褪《あ》せてゆくばかりの見本品。滅多に鳴らない扉のベル。

仕立屋と言っても、今の彼女の仕事は大半が既存のドレスの「お直し」だった。新しいものを仕立てることは多くなく、あったとしても流行りの関係ない女中の仕事着や、シンプルで伝統的な型通りのドレスばかり。

それでも何とか店賃《たなちん》と一人分の生活費を工面するだけの収入はあったが、仕事を選べるような余裕はとてもなかった。

「……かしこまりました。お引き受けいたします。それでは――」

いつ頃お伺《うかが》いしましょう、とレーネは言おうとした。だが、その時にはもう、音もなく歩み寄ってきた男は背後に回り込むようにして、彼女の傍《そば》に立っていた。

「助かるよ。では、行こうか」

とん、と軽く背に触れた男の手は、手袋に包まれているはずなのに、ぞっとするほど冷たく感じられた。――在《あ》りし日、同じように彼女の背に優しく添えられた手が、ぬくもりを失って戻ってきたかのようで、抗《あらが》おうとする声は喉元《のど》で凍りついた。

気がつけば、朱から藍《あい》へと移り変わってゆく空を馬車の窓から眺めていた。

対角に座る男は始終黙ったまま外を見ている。

落ち着かない状況のはずだが、男はまるで車内の陰影に溶け込んでしまったかのようで、ふとした瞬間にその存在を忘れそうになるのが不思議だった。

日が沈みきる頃、馬車は家々の明かりに満ちた街を抜けた。辺りが完全な闇《やみ》に包まれると、もはや自分が向かっている方角すら分からなかった。

馬車は周囲を森に囲まれた道へと分け入っていった。速度は次第に緩やかになり、やがて停まる。男は思い出したようにレーネの手を取って、馬車から降ろしてくれた。

冷えた空気に混じるのは湿った植物と土の香りだ。加えて微《かす》かに、腐敗した泥の臭い。

レーネは立ちすくんだ。

目の前に現れたのは、時代の狭間に取り残されたような二階建ての古めかしい館だった。正面から見える窓はどれも暗く、ポーチの灯《あか》りが辛《かろ》うじて館を夜の淵《ふち》から掬《すく》い上げていた。

辺りを見回すが、森の中ということ以外は分からない。辿《たど》ってきた馬車道はあるが、街の明かりはどこにも見えなかった。レーネは身震いする。

その場所からは人の気配が――いや、生きたものの気配がまるでしないのだった。

幽霊屋敷然とした館の扉の前で、男は自分が来るのをじっと待っている。

なんという誘いに乗ってしまったのだという後悔は、もはや何の役にも立たなかった。ここまで来れば従うほかない。こんな森の中を引き返すことなどできはしないのだから。男が扉を開く。招かれるままに、レーネは真っ暗な館へと足を踏み入れた。

背後で扉が音を立てて閉まった。

ぽつりぽつりと蠟燭《ろうそく》が灯《とも》るばかりのホールは、あたかも古城のような雰囲気があった。重たい闇が館の全容を把握《はあく》することを阻《はば》んでいる。

こんなところに年頃の令嬢が住んでいるのかと思うと、薄ら寒い心地がした。

足元さえよく見えない廊下を進んでゆくと、前を歩いていた男が不意に立ち止まった。そして、左手にある部屋の扉を開く。あたたかな光が漏《も》れだしたことに思わずほっとした。

男は吸い込まれるように中へと入っていった。

躊躇《ちゅうちょ》したが、ここで待っているのもおかしな話だ。何より、こんな暗く不気味な廊下には一時だっていたくはなかった。男の後ろに続き、レーネは部屋に入った。

まばゆい燭台《しょくだい》の灯《ともしび》が一斉に揺らめく。

照らされた壁紙は、深紅の地にアラベスクが織り込まれていた。正面奥には石炭を彫刻したかのように黒いマントルピースが見え、手前にはゆうに三人は腰掛けられそうな革張りのソファが置かれていた。その間で、男は振り返った。

帽子も取らず佇む男の黒い背中が、マントルピースの上の金縁の鏡に映り込む。そして入り口で立ち尽くすレーネ自身の姿も。

ソファ脇の小卓にはゴブレットの形をした鈍《にび》色の花瓶《かびん》が置かれ、純白の芍薬《しゃくやく》が咲きこぼれていた。薄い花弁が幾重にも合わさった豊艶《ほうえん》な花の姿は、上等の絹シフォンで拵《こしら》えた花嫁衣装を思わせる。蠟燭の灯《ひ》と赤い壁とが濃い影を生む中、その凛《りん》とした白は一服の清涼剤のようにも思えた。

甘く絡みつくような芳香がレーネのいるところまで漂ってくる。

柔らかで女性的な香りでありながら、それは強い支配力をもって部屋に満ちていた。

「――あの……お嬢さまは、どちらに？」

男はゆっくりと視線を移す。その仕草に、なぜか厭《いや》な気分になった。

大きなソファが死角をつくり、男の足元は見えない。

その見えない場所にある「何か」に男は目をやったのだ。

物音一つしなかった。

「ここにいるよ」

ぞく、と背筋が粟立《あわだ》つ。我知らず、後ろ手にドアノブを摑《つか》んでいた。

底なし沼のような瞳に捉《とら》えられ、身じろぎもできない。手袋に包まれた黒い手がついと差し向けられた。

「……さあ、どうぞこちらへ」

男の指先から見えない細糸が伸びて、自分の喉首に巻きついているような気がした。少しでも後ずさりすれば、張り詰めた糸はたちまち皮膚《ひふ》を嚙《か》み切ってしまいそうだった。ドアノブから離した手を、胸元できつく握り込む。鳴りやまない鼓動を深呼吸で押さえつけて、レーネは男の待つ方へ踏みだした。

一歩。また、一歩。

進むごと、芍薬の匂いは強まってゆく。

男がレーネを見ている。

ソファの背の縁飾りが、マントルピースの意匠が、次第に明瞭《めいりょう》になっていく。

視界の端で何かがきらりと光った。

――硝子？

揺れる蠟燭の光を、ソファの陰《かげ》に置かれたものが反射している。

芍薬の匂いが一際強く鼻を打つ。そして次の瞬間には、息をするのも忘れていた。

その存在を前にして、潮が引くように現実は去りゆき、そして夢幻が姿を現した。

それは一人の少女の姿をしていた。

背格好からすると十六、七といったところだろうか。緩く波打つ見事な亜麻《あま》色の髪は結われておらず、それが実際よりも幼げな印象を与えている。

暗がりの中で仄《ほの》白く見えるドレスの素朴《そぼく》な風合いも、それを助けていた。ただ男が最初に言ったとおり、ドレスには所々、染みのようなものがついているらしい。

閉じられた瞳を縁取る長い睫毛《まつげ》。仰向けに横たわる乙女は、胸に十字架を模した銀の短剣を抱き、まるで眠っているかのように見えた。

しかし、彼女が身を委《ゆだ》ねているのは柔らかな羽布団ではない。

それは硬質な輝きを放つ硝子の箱だった。所々に切子《きりこ》の模様が刻まれた透明な板を金細工の金具で繋《つな》ぎ合わせた、綺麗《きれい》なチェストのような容れ物の中。そして、それが間違ってもチェストなどではないということは明らかだった。

特徴的な屋根型の蓋《ふた》。敷き詰められた、無数の色褪せた花々。……抜けるように肌が白く、微動だにしない少女。

美しく歪められてはいたが、その本質はレーネもよく知るものだ。

――棺《ひつぎ》、としか呼びようがなかった。だとすれば安らかな少女の表情も、いずれ醒《さ》める一夜の夢がもたらすものではない。

「この子は……」

声が掠《かす》れ、先が続かなかった。その言葉の先を引き受けたのは男だった。

「ああ。――死んでいる」

ひゅっと息を呑《の》み、レーネは口元を手で覆《おお》った。

死んでいる。この愛らしい少女はもう、この世の人ではないのだ。圧倒的な質量をもった事実が胸に迫り、言葉が出なかった。

自分は死人《しびと》のドレスを仕立てるために、ここまで連れて来られたのか。

「……ご家族、なのですか?」

やっとの思いで訊《たず》ねながら、ふと、自分がまだ男の名前すら知らないと気づく。

暗い声で男は一言、違うよ、と言った。

「だが、死んだ父は彼女を指して、お前の母親だと言った」

「え?」

思わず男と少女とを見比べる。男の年齢は分からないが、少なくとも彼女より歳上《とし》なのは明らかだ。どう見ても、こんなあどけない顔で眠る少女が誰かの母親とは思えない。

「お父さまはなぜ、そんなことを……?」

「狂っていたから」

死んでいる、という言葉よりも、ずっと寒気のする声色《こわいろ》だった。

帽子の下の瞳は異様な輝きを湛《たた》え、棺の中の少女を見ている。罪のない、純真そのものの表情に向けられた眼差《まなざ》しは、死者を悼《いた》む者のそれではなかった。むしろ――。

「生前の彼女が何者であったか、それは私も知らない。だが、私が来るより以前から、ここに彼女がいたことは確かだ。そう……変わらず、この姿のままで」

厭《いと》うかのような。呪うかのような。

「え……？」

腐らないんだよ、と男は言った。

「死後も朽ちることなく美しさを保ち続けている。……昔、この館の地下室で見つけた時から、彼女は少しも変わらない」

レーネは再び少女に目を落とす。

息をしていないのは明白だった。しかし、頬も小さな唇も、細い手首も、まるで今も生きているかのように瑞々《みずみず》しく見える。死んでいることさえ疑いたくなるというのに――。

「……信じられないわ」

「真実はいずれ貴女自身が知ることだ。改めてお願いしよう――彼女に、ドレスを」

男の言葉に、レーネはハッとした。

この少女が何者か。男にとって何の意味をもつ相手なのか。どのような奇跡が彼女の時を止めたのか。いくらでも疑問は浮かぶ。だが、そんなことは関係なかった。

自分は仕立屋としてここへ来たのだ。

生きた人間を相手にしている時でさえ、分からないことは山ほどある。どんなお喋りでも、己のすべてを曝《さら》け出したりはしない。口を閉ざした者ならなおのこと。

心の裡《うち》に閉じ込められ誰にも明かされない感情は、身元不明の死体に秘められた物語と同じだ。誰もが身の内に物言わぬ死者を飼っている……レーネ自身がそうであるように。

けれど、その秘密を包む身体《からだ》の方はどうしようもないほどに明らかで、生者も死者も等しく無防備な肉体を持つ。形をもたない心と違い、身体には隠してくれる布が必要なのだ。できれば、綺麗な布が。

ドレスを求める人がいれば、作るのがレーネの仕事だった。

表情を引き締め、男を見返す。

「かしこまりました。……ですが、このままでは採寸ができません」

棺を開けてはもらえないでしょうかと、レーネは控えめに問うた。

すると男は身を屈め、棺の蓋に手を掛けてゆっくりと持ち上げる。蓋には蝶番《ちょうつがい》が付いているらしく、硝子の覆いが宝石箱の蓋のように開いていった。

息を詰めてその様子を見守っていたが、レーネはそこで、ふと違和感を抱く。

暗い部屋の中、蠟燭の灯りを照り返す硝子越しでは、よく見えなかったドレスの染み。

しかし、少女の姿がすべて顕《あらわ》になる頃、それが何なのか、はっきりと分かってしまった。

光沢のない生成《きな》りの布地。露出の少ない首から胸元にかけてを愛らしく飾るフリル。ギャザーを寄せた袖口のレース。ゆるい襞《ひだ》の入った、肌触りの良さそうなスカート――それらすべてにべったりと、あるいは点々と、茶色い染みが浮かんでいる。

こういう色の汚れを、レーネは知っている。いくら洗ってもなかなか落ちてくれない、厄介《やっかい》な汚れだ。頭の奥にこびりついて離れない、嫌な記憶と同じように……。

くら、と目眩《めまい》に襲われた。口の中が乾き、上顎《うわあご》のあたりが引きつるように痛んだ。

――レーネ。

困ったような声が、自分の名を呼んでいる。

――おかしいんだ……手が……。

純白の布地にできた染みが、繊維に吸い込まれるように広がっていく。赤く、赤く……。

「大丈夫かい？」

危うくよろけそうになったレーネの肩を、男の腕が支えた。

「こ、これは……」

「言っただろう？　困ったお嬢さんだと」

囁《ささや》く男の声に、レーネは震えた。

それは明らかに血痕《けっこん》だった。

だがドレスに染みついたそれらは、彼女自身から流れ出したものには見えない。強《し》いて言えば返り血のように、広い範囲に飛び散っているのだ。

まるで、彼女自身が誰かを刺し殺したかのように。

少なくとも彼女の傍で誰かが血を流したことは確かだった。決して少なくない量の血を。

彼女の前で傷を負った「誰か」は、その後どうなったのだろうか。

レーネはなんとなく、その人はもう生きてはいないだろうという気がした。

強い花の香りが、頭をぼんやりとさせる。

釣り込まれるように棺の横に膝《ひざ》をつき、少女を見つめた。清らかな面差《おもざ》しから目を離すことができなかった。

腰に提《さ》げた小物入れの中を探るが、力の入っていない手は誤って巻き尺を取り落とす。

目盛の刻まれた細い帯がころころと解けながら転がっていき、力尽きたように倒れた。

気怠《けだる》い沈黙がその場に落ちる。

「……私に、お嬢さまを預けてはいただけませんか？」

気づけば、そう口走っていた。

「ここまで汚れていると、染み抜きやお直しは難しいかと思います。新しいものを仕立てるしか……。お引き受けしたものの、私もこうしたお客さまは初めてで……採寸一つとっても普通通りにはまいりません」

誰かに喋らされてでもいるように、自然と言葉が出てきた。そうして口に出してみると、本当にそうしなければいけないような気がした。

うら若い乙女であるという点を除いて、彼女は今まで自分が相手にしてきた客たちと何もかもが違う。自らドレスを身につけることはおろか、ただそこに立って言われたとおりに身体を動かすこともできないのだ。……いや、レーネは何度か身体の不自由な女性たちのドレスも作ったことがあるが、彼女たちにもドレスを身に纏う意思があり、できる限りレーネの仕事がやりやすいように協力してくれた。

この少女は、身体以外に何一つ持たない。

等身大の人形のドレスを作るのと同じだ。関節すらまともに動かせるか怪しいものだった。難しい部分は挙げてゆけばきりがない。

そのうえ、この館はレーネの店からあまりに遠いのだから。

だから、しばらくのあいだ彼女を店で預かる。それが最も効率的ではないか。今日出会ったばかりの人間に預けるようなものではないということは百も承知だが、そもそも非常識な依頼をしてきたのは男が先だ。自分はただ、良い仕事をするために、一番良い方法を取りたいだけなのだ。

——いつの間にか必死になっている自分が不思議だった。そこまでして、彼女のためにドレスを作ってあげたいと思う自分が。

「少しの間で構いません。もし、お許しいただけるのなら——」

懇願《こんがん》するように顔を上げたレーネの瞳に映ったのは、薄い笑みを浮かべる男の顔だった。

「もちろん……構わないとも」

愉悦《ゆえつ》を含んだ声で彼は言った。

「では、お送りしよう——エリスと共に」

「エリス……？」

それが彼女の名前だろうか。

訊き返そうとしたレーネは、男の背後を見て危うく悲鳴を上げそうになった。

まるで暗がりから湧き出るようにして、そこにはいつの間にか、六つの人影が佇んでいた。皆、男と同じように真っ黒な揃いを纏い、山高帽を目深に被っている。

「あなたたちは……」

困惑するレーネをよそに、男は再び棺の蓋を閉じた。そして棺の長辺の中程、ちょうど蓋との継ぎ目の辺りに手を添わせる。金属が触れ合う音がして、単なる飾りのように見えていた金細工が回転した。——飾りの下から現れたのは、鍵穴だった。

どこから取り出したものか、見れば男の手には小さな金の鍵が握られていた。闇夜に瞬《またた》く星屑《ほしくず》のような輝きに、束の間、目を奪われる。

男は跪《ひざまず》き、鍵を鍵穴に挿《さ》して回す。そして男が立ち上がったのを合図にするかのように、現れた男たちは無言のまま速やかに硝子の棺を囲むと、分身のように揃った動きで棺を持ち上げ、部屋の外へと運び出していった。

すべてが流れるように進んでいった。あたかも初めから、レーネがそう頼むことを見越していたとでも言うように。

「あなたたちは、何者なの——」

思わず漏れた呟《つぶや》きを拾い上げるように、男は座り込むレーネの手を取り立ち上がらせると、その掌《てのひら》に金の鍵を握らせた。

棺を担《にな》う者、と男は言った。

「それ以上の何者でもない。……今は、貴女に預けよう」

冷えた金属の感触に、男の温度は宿っていなかった。

――夫を亡くしたのは、レーネが二十四の時だった。

元々二人は同じ仕立屋で働く者同士だった。伝統のある大きな店で、人を大勢雇っていた。六歳上の夫はそこで職人として、レーネはお針子として働いていた。

彼の作るドレスは女性たちから大層人気があった。流行りの形を取り入れながらも品良く仕上げ、それでいて堅苦しくまとまりすぎず、人目を惹《ひ》きつける華がある。着れば身体にしっくりと馴染《なじ》み、花びらを纏うように軽やかなのだと専《もっぱ》らの噂《うわさ》だった。

トルソーが彼のドレスを着ていると、皆、目をとめずにはいられなかった。そして顔のないトルソーに嫉妬《しっと》するのだ。ああ、そのドレスを着ているのが自分であればよいのにと。

若いレーネもまた他の女性たちと同じように、彼のドレスに恋した一人だった。

仕事を手伝う日は心が躍《おど》った。職人とお針子が同じ場所で仕事をすることは少なく、実際に顔を合わせている時間は少なかったが、それでも彼の作るドレスに触れ、その一針を自分が担っているのだと思うと誇らしかった。けれど、いざ彼自身と顔を合わせると恥ずかしくて、同じ部屋にいる時はいつにも増して無口になった。

お針子の仕事は単純なものが多く、手は忙しいが口はいつでも暇をしている。そのため大概の者はお喋りになるものだが、レーネは常に黙々と手を動かしていた。親に言われて半ば花嫁修業のように就いた仕事が思いがけず天職だったらしく、判で押したように揃った縫《ぬ》い目は店の中ではちょっとした評判だった。

そのおかげか、売れっ子だった彼の仕事を手伝う機会にも恵まれたのだ。

彼もまた喋る方ではなかったが、無愛想と言われがちな自分と違って、いつもにこにこと穏やかに微笑《ほほえ》んでいた。

「レーネは良い手を持ってるなあ」

満足げな顔で彼が自分の仕上げたものを眺めている時、どんな貴婦人よりも自分は幸せだと思った。いつしかレーネは彼のドレスだけでなく、彼自身に恋をするようになっていたのだった。

彼のドレスを纏うことよりも、そのドレス作りを手伝えることの方がレーネにとってはずっと大切なことだった。

けれど結果的に、彼はレーネのために、人生で最も重要な意味をもつドレスを仕立ててくれたのだ。――つまり、彼自身の花嫁が着るウェディングドレスを。

彼は独立して自分の店を持つことになり、レーネは正真正銘《しょうめい》、彼だけのお針子になった。

それまで指貫《ゆびぬき》を嵌《は》めるだけだった飾り気のない指には、銀色の指輪が光っていた。

あの頃はレーネにとって最良の時間だった。

彼がドレスのデザインと製作の大部分を担い、レーネが女性客の採寸と補助的な縫製を行った。元々売れっ子だった彼の店はすぐに評判を呼び、店には客がひっきりなしに訪れて休む暇もなかった。レーネの仕事も次第に踏み込んだものが多くなり、彼がデザインに集中できるよう、縫製の大部分を引き受けるようになった。

毎日が忙しかった。二人とも夜遅くまで仕事漬けで、夫婦の時間は普通の家庭よりも随分と少なかった気がするが、レーネにとっては間違いなく美しい日々だった。

それでも彼の表情に疲労の色が濃くなると、流石《さすが》に人を雇うことを提案した。

けれども彼は困ったように笑って首を横に振った。

「まだ二人でも何とかやれてる。給料も馬鹿《ばか》にならないし、雇わず済むならそれに越したことはないよ。子供ができた時のためにも、今のうちに稼いでおきたいんだ」

——しばしば、彼は子供のことを口にした。

ドレスを作る以外には抜けたところが多く、他のことには頓着《とんちゃく》しない人だったが、意外にも彼はとても子供好きだった。結婚して初めて気がついたことの一つだ。

子連れで訪れた客がいると、彼はいつも嬉しそうにかまってやっていた。

「もう少し二人で頑張ってみよう。君には苦労をかけるけど……」

夫の言葉に、それ以上は何も言えなかった。確かに大忙しではあったが、彼の言うとおり、開いて三年ほどの店にそれほど余裕はなく、借金もまだ残っていた。

それにレーネ自身、内心ではずっと今のような生活を続けていきたいと思っていたのだ。彼と二人この小さな店で、忙しくも楽しい日々を送っていきたかった。――けれど。

ある晩、遅くまで手を動かしていた夫が突然、あっ、と短い悲鳴を上げた。

見ればランプの灯りの下で、たった今彼が流麗なギャザーを施したばかりの白布に、小さな赤い染みが一点、浮かんでいた。

「まあ……大丈夫？」

慌《あわ》ててハンカチを差し出すと、彼は針先で傷つけた人差し指を咥《くわ》えながら「参ったなあ」と弱り顔でぼやいた。

「おかしいんだ。手が……」

見れば、針をもつ彼の右手は小刻みに震えていた。

「働き通しだもの。今日はもうお休みになったら？　あとは私がやっておきますから」

ちょうど大きな注文が重なり、その一週間ほど、二人は連日息をつく間もなく昼も夜も手を動かしていた。

「ああ、そうだね……頼むよ」

おかしいなあと言いながら、夫は妙に覚束《おぼつか》ない足取りで作業用の小部屋を出て行った。

二階へ上がってゆく足音を聞きながら、レーネは彼が置き去りにしていった布の、鮮やかな赤い痕《あと》を見つめていた。

仕事に一区切りがついた頃、レーネは化粧を落としてナイトガウンに着替え、寝ている彼の横にそっと潜り込んだ。扉側に背を向けて軽く丸まるように眠る、いつもの癖。規則正しい寝息に少しだけほっとして、その広い背に寄り添い、自分もまた疲れからくる眠気ですとんと寝てしまった。

——翌朝、目を覚ました彼女が目にしたのは、昨夜と同じ寝姿のまま、肌だけが蠟のように白くなった夫の姿だった。

震えながら土気色の口元にかざした掌に、呼気の温もりはなかった。

あなた、あなた、と叫ぶ声は、どこか別の場所から聞こえてくるようで……それが無駄なことだと理解すること自体を恐れるように、何度も何度も夫の肩を揺さぶった。

けれどそこに、これまで幾度となく自分を温めてくれた熱は、もうひとかけらも残ってはいなかった。

喉を締めつけるような嗚咽《おえつ》の痛みで目を開けた。殺風景な部屋を顕《あらわ》に見せる朝の光を、涙で滲《にじ》んだ瞳がぼんやりと映す。

湿ったように重い身体を、やっとのことで寝台から起こした。

三年前のあの日から、レーネはずっと暗い水の中を泳いでいる。重みに耐えかねても脱ぎ去ることのできない自分の身体を、無様にばたつかせ、ただもがいているだけだ。

悲しみだけで死ねるなら、もうとっくに死んでいた。

だが残念なことに人はそう易々《やすやす》と死ねないらしい。

日毎《ひごと》に服を着替えるように、他愛もない生は惰性《だせい》で続いてゆく。あの人からあっさりと奪われてしまった日々が、欲しくもない自分には嫌でもやって来た。

毎朝、生きろと金切り声を上げる胃袋に乾いたパンをくれてやり、牛乳を流し込む。髪を纏め、顔を洗い、鏡に向かって最低限の化粧をし、動きやすさだけを意識した暗色のドレスを身につけて、砂を噛むような一日がまた始まる。そして、一人で眠るには広すぎる寝台に背を向け、彼女の仕事場へと下りてゆく――。

ところが、いつものように階段の下を見た時、今日という日が昨日とは別物であるということにはたと気がついた。

古びた縫製用のトルソー。客から預かったドレスが並ぶ衣装掛け。型紙を収納するキャビネット。窓辺に据え付けた作業台……そんなものに囲まれた、決して広くはない小部屋。

その床の中央で、ドレスを血に汚した姫君が仕立屋の到着を待っていた。

硝子の棺に横たわる彼女は、さながら毒林檎《りんご》を口にした白雪姫だ。

昨晩の記憶が急速に蘇《よみがえ》ってゆく。

館にいた黒服の男たちは棺を古めかしい霊柩《れいきゅう》馬車に乗せ、この店まで運んできた。

青い目の男は受取日を指定し、十分すぎる金額を手渡してきた。しかし決して身元を明かすような隙《すき》は与えず、ドレスが仕上がるまで店を訪れるつもりは全くないらしかった。

せめて名前だけでも教えてほしいと問えば、彼は短く「カロン」と答えた。

——それが地獄《じごく》の河の渡し守を指す名であることくらい、レーネも知っている。つまり、彼に自分自身のことを話す気はさらさらないということだ。

階段を下りて棺の傍《かたわ》らに歩み寄る。鮮やかさを失った日常の中に、不意に生じた美しい事件を見下ろして、レーネは口を開いた。

「……おはよう、エリス」

目を覚まさないと分かっていても、彼女の顔を見ているとどうしてだか声を掛けたいような気持ちになる。

一晩中、同じ屋根の下に死体がいたというのに、平気で眠っていた自分が可笑しかった。隣で夫が死んでゆくのにすら気がつかなかった女だ。当然と言えば当然かもしれない。

常軌を逸した現実に、乾いた笑いが漏れた。家に死体がある状況は、ひょっとして何かの罪に問われたりするのだろうか。

生憎《あいにく》、レーネは法律に詳しくない。自分は少女を殺したわけでも、悪意をもって死体を隠しているわけでもない。それどころか、彼女が誰かということすら知らないのだ。

ドレスを作ってほしいと言われて、必要だと思ったので預かっただけ。そこに何か罪が生まれるのだとしても、それはきっと笑ってしまうくらい些細《ささい》なものだろう。

けれど「彼女を預けてほしい」と頼んだ時、個人的な感情が混ざっていなかったと言えば嘘《うそ》になる。その動機の不純さだけが、レーネの罪の証《あかし》となるのかもしれなかった。

あの時、胸の奥底から不意に湧き上がってきた感情。それは、まるで遠い日に失った自分の一部を見つけたかのような、懐かしさと、決して元には戻せない哀《かな》しみだった。

死んでしまった時間を思い出と呼ぶのなら、きっと彼女は、あらゆる思い出の結晶のような存在なのだ――。

憂鬱《ゆううつ》を追い払うように首を振る。レーネは思考を無理やり仕事に向けた。

少女を包むドレスは、決して今流行りのデザインとは言えなかった。かと言って、いつの流行かと問われても答えることは難しい。

主に使われているのは木綿《もめん》のようで、肌触りは良さそうだが格式は高くない。強いて言えば中流階級の少女の散歩着という雰囲気だろうか。棺に寝かせるため、華奢《きゃしゃ》な身体には下着による補正がほとんどなされず、スカートの下にはペチコートを重ねているだけだ。

　この年頃の少女にしては少々稚《いとけな》すぎるデザインにも思われるが、彼女が着ていると絵本の中のお姫さまのように見えるのが不思議だった。舟遊びに疲れ、風通しのよい木陰でいつの間にか微睡《まどろ》んでいる……そんな一場面が浮かんでくるようだ。

　しかし、夢みる少女の纏うドレスには、醜《みにく》く乾いた血のあとが染みついている。

　何も知らないあいだに穢《けが》されてしまったかのような痛々しさに、レーネは顔を歪める。

　誰だって、こんなものは早く脱いでしまいたいに決まっている。彼女には新しいドレスが必要だった。

　遺体のドレス作りなど、当然これまで引き受けたことはない。必要ないからだ。死者は生前身につけていたものを着せられて納棺される。それが自然だし、何より新しい衣装を仕立てる間に肉体が傷《いた》んでしまう――普通は、そういうものだった。

　棺の上に置いてあった金の鍵を取り上げる。昨日、男から手渡された鍵だ。

　考えるまでもなく、棺に鍵がついていることなどない。死人に新たな服を作ることくらい、必要のないはずのものだった。

　男がそうしていたように金細工の飾りをずらし、現れた鍵穴に鍵を挿し込んで回す。

　そして、両手を棺の継ぎ目に差し入れると、重たい硝子の蓋をゆっくりと開けた。

とにかく今着ているものを脱がさなければ始まらない。だが、生きている人間にするのと同じようにいくとは思えなかった。

「ごめんなさい。少し、失礼するわね」

答えない相手にわざわざ断ってから、恐る恐るレースの袖から覗く小さな手に触れる。ひたり、と彫刻のように冷たく、滑らかな質感が返ってくる。

血が通っていないというだけで、なぜ人間の身体はこんなにも冷えてしまうのだろう。

「神様は残酷《ざんこく》なことをなさるわね」

白い手をそっと撫《な》ぜ、レーネは呟いた。

そして大きく息を吐くと、今度はごく事務的な所作で、少女の両肘《ひじ》に軽く力を入れてみたり、棺に手を差し入れて両腕をゆっくりと持ち上げてみたりしはじめた。

細い腰に手を回し、もう片方の手で後頭部を支えて少しだけ抱き起こすと、彼女は想像していたよりずっと軽く、まるで天使の骸《むくろ》を抱いているようだ。長い髪がさらさらと手の甲を撫ぜ、肌からは微かに薬品めいた香りがした。そうして少しずつ、彼女の身体の動きを確認していった。

やはり遺体である以上、生身の人間よりは遥かに動きが硬かったが、それでも全く固まってしまっている訳ではないらしい。ドレスの方も、よく見れば脱がせやすそうな形状だった。最も難航しそうに見えたのは肘の周りだが、ゆったりと膨らんだ袖は、絞ってあるリボンを解けば関節で引っかかってしまうこともないだろう。

硬直した肉体では、生きた人間が着るようなドレスを普通に着せることは難しい。

少女の身体を少しずつ動かして、彼女のために作るべきドレスの形について考える。それと並行して、今まさに彼女が身につけているドレスを検分する。

そうしているうちにレーネは、自分がこれから作るドレスの構造を考えているのか、それとも今のドレスの脱がせ方を考えているのか分からなくなってきた。

二つは全く同じことだったからだ。

そのドレスは不気味なほど、死体に着せることに特化しすぎていた。

レーネの頭に途方もない考えが浮かぶ。

このドレスを仕立てた職人もまた、自分と同じ発想に辿り着いたのではないか……自分の前にも、同じような依頼を受けた者がいたのではないかと。

だとすれば「前任者」がこれを仕上げたのは、一体いつなのだろう。

——腐らないんだよ。

男の言葉が頭の中で反響している。彼の言うことがすべて本当だったとしたら。

数カ月、数年……いや、数十年？

彼女は、いつから、こうなのだろう?

「……」

思わず少女の顔を見つめるが、そうしていたところで答えが分かるわけでもない。ため息をつき、レーネは何気なく少女の握る銀の短剣に目をやった。

風変わりだが、埋葬の際に死者に握らせる十字架の代わりだろうか。繊細な銀細工の模様に縁取られ、そこには短い言葉が彫り込まれていた。

『エリス　罪深き者よ、安らかに眠れ』

――どこかでまた、赤ん坊が泣いていた。


女の子がいいな、と彼は言った。

『娘ができたら服は全部、僕たちが作ってあげたいね。成長に合わせてドレスを作ったら、お嫁に行く頃には何着できるだろう』

はにかみながら話す顔が、今も脳裏に焼きついて離れない。

――表情の抜け落ちた顔で、レーネは皺《しわ》の寄った帳面を一頁《ページ》ずつめくっていた。

荒い鉛筆の線は擦れて黒ずんだり、水滴が落ちて滲んだような跡ができていたりしているが、そこに込められた熱は消えていなかった。所々に水彩絵の具で差された色は質素な部屋に生けられた花のようであり、記憶の中の鮮やかな情景のようでもある。

　めくるたび現れる様々な形のドレス。

　その一つ一つについて、彼が語った言葉を覚えている。楽しそうに、時には頭を悩ませながらこの帳面に向かっていた。新たな流行が生まれるたびに熱心に服飾誌を読んで研究し、どんなふうに取り入れるかを考えていた。

　物腰が穏やかなせいで忘れてしまいそうになるが、彼は誰よりもこだわりが強かった。自分の作ったものとして世に出す以上、少しでも納得のいかないものは許せない。けれどドレスは彼の作品である前に買い手のいる商品であり、客の満足いくものでなければならなかった。芸術家と商売人の間のような「職人」として、彼は何度も壁にぶつかっては、それを乗り越えて評価を得てきたのだ。

『流行はいずれ去ってゆくものだけど、本当に良いもの、いつの時代も変わらず美しいものは、確かにあると思うんだ』

　きっとそれこそが、彼が本当に良い仕立屋である理由だった。

　単純な縫製の速さや正確さだけについて言えば、レーネの技術は彼に引けを取らず、そのことを彼が買ってくれているのはレーネの誇りでもあった。しかし、彼のようなドレスメイカーとしての才能は自分にはない……それは最初から分かっていた。

それでも、店を畳むわけにはいかなかった。

いつか生まれる子供のために、休む間もなく働いた夫。彼は、ついぞ我が子の顔を見ることなく逝《い》った。——自分が彼の子供を産めなかったせいで。

若くして未亡人になった娘に両親は何度も再婚するよう勧めてきたが、レーネは頑として首を縦には振らなかった。

結婚前に働いていた店からも、主人が自ら弔問《ちょうもん》にやって来て復職を提案してくれた。優秀な職人の早すぎる死を心から悼み、針子としての腕も見込んでくれて、「女一人では大変だろう」と手を差し伸べてくれたのだ。

あの時ばかりは心がぐらついたが、受け容れることはできなかった。

子供のいないレーネに唯一残された彼との繋がり——この店こそが、レーネにとっては子供のようなものだった。それを捨てることも、他の誰かと一緒になることも、考えられなかった。たとえ時代が自分を置いていったとしても……。

流行《ファッション》を商うはずの仕立屋は、今や過去を閉じ込めたクロゼットだった。

彼が死んだ日から変わらない窓辺のトルソーを、彼はどんな思いで見つめるだろうか。

夫が死に、客足は遠のいた。女性たちを虜《とりこ》にしたドレスをデザインする人はもういない。

彼女たちは常に新しいものを求め、今日もどこかで新たな流行は生まれ続ける。

自分だけが過去に取り残されていた。

彼が死んだ時に、レーネの時もまた止まってしまったのだ。

帳面から顔を上げて傍らに目を落とす。

採寸は恙《つつが》なく終わっていた。年代物のシュミーズを身につけた少女は、レーネの着せかけた薄布に肌を隠し、ドレスができるのを行儀よく待っている。そうしていると彼女は一層幼げに、可愛《かわい》らしく見えるようで、ぼんやりしていると彼女の顔ばかり飽きずに眺めてしまうこともしばしばだった。

それなのに、ひょっとすると彼女は自分より歳上かもしれないのだ。

男《カロン》の言ったとおり、時間が経ってもエリスの肉体は腐敗の兆候を見せない。

いつの時代を生きてきたのかすら分からない彼女は、それでも確かに美しかった。夫の目指した理想のドレスは、彼女のような姿をしているのかもしれない――。

帳面を閉じて椅子《いす》から立つと、エリスの枕元に跪く。レーネが丁寧に梳《くしけず》った亜麻色の髪が、剝《む》き出しになった肩を覆っている。

こうして彼女の頰に触れるのは、もう何度目になるか分からない。初めは、ただひたすらに悲しみばかりが募った冷たさが、今は心地よいような気さえした。

夫が亡くなって、いっとう悲しかったのは、彼を納めた黒い棺に蓋をして土の下へと送る時だった。あの時の気持ちを思い出すと、今でも発作的に涙が溢《あふ》れてきそうになる。

もう二度と顔を見ることができないことが、指を絡ませ手を繋げないことが、頬に触れて口づけできないことが、潰《つぶ》れてしまいそうなくらいに悲しくて、悲しくて悲しくて、何度も棺に追いすがりたくなった。

人はいずれ死んでしまう。それでも、たとえ動かなくなってしまったとしても、身体だけでも傍にいてほしい……。

もしかしてエリスは、そんな誰かの願いを叶えるために時を止めたのだろうか。

そう思うと、彼女の存在がとても優しいものに思えてきて、レーネはその頭をそっと撫ぜる。時間に置き去りにされたレーネに、彼女だけが寄り添ってくれているようだった。

誰かを愛《いと》おしいと思う気持ちが、まだ自分に残っているとは思いもしなかった。

女の子がいいな、という彼の声が聞こえてくる。

「エリス……」

――あなたは死体。腐らない死体。

死んでしまった彼と、時を止めてしまった私との間に生まれてきた、愛おしい娘。

「おはよう、レーネ。……あら、まあ！」

朝、いつものように店を開けていると、ちょうど隣の古道具屋から出てきた女将がレーネの顔を見て目を丸くした。

「あなた今朝ちゃんと鏡を見た？　ものすごい隈《くま》よ！」

「おはようございます。ええ、ちょっと……このところ夜が遅くて」

欠伸《あくび》を噛み殺しながら微笑むと、女将はさらに大きく目を見開いた。

「ひょっとして、何か良いことでもあったの？」

「え？」

思ってもみなかった反応に首を傾《かし》げると、なぜだか彼女は嬉しそうな顔をする。

「あなたのそんな顔、久しぶりに見た気がしたものだから。忙しくって仕方がないのに、とっても幸せ、っていう顔」

その言葉に、今度はレーネの方が驚く番だった。

「そうかしら……」

忙しくて、幸せ——それは確かに、昔の自分を表すのにはぴったりの言葉で、そして夫が死んでからは無縁の言葉でもあった。

何をするにも無感動で、店は繁盛とは程遠い状況。働いていればいくらかは悲しみも紛れるというのに、仕事が来ないのでは物思いに沈む時間も増える。

それを考えると、このところレーネは確かに「忙しい」のかもしれなかった。

昼は普段どおり店に出ていつもの仕事をこなし、夜は仕事部屋にこもってエリスのためのドレスを作っている。仕事量はさしたるものではないのだが、彼女と一緒にいるとついつい夜更《よふ》かしをしてしまう。

眠りについたところで、どうせ見るのは悲しい夢ばかりだ。

エリスの隣で過ごすと心が安らいだ。ここ最近は二階の寝室へ戻るのも億劫《おっくう》で、すぐに作業部屋で居眠りをしてしまう。身体は疲れていたが、心は以前よりも満たされていた。

もっとも、そんなことを人に言えるはずもないのだが。

その時、再び隣の店の扉が開き、二十代前半くらいに見える若い女性が外へ出てきた。彼女の腕の中では、生まれて間もない赤ん坊がすやすやと眠っている。このところ女将の心を摑んで離さない、古道具屋の小さな跡取り息子だった。

「あら、今日は機嫌よさそうに寝てるわね」

義理の娘を気遣うように、女将は小声で話しかける。

「ええ、本当に。ずっとこうならいいんですけど……レーネさんも、お隣だとうるさいでしょう？　いつもすみません」

申し訳なさそうに眉尻を下げる母親に、レーネは「気にしないで」と曖昧《あいまい》に微笑む。

「赤ちゃんは泣くものでしょう？　謝るようなことじゃないわ」

「ありがとう……そう言っていただけると、すごく助かります。揺り籠《かご》に寝かそうとしても、すぐ目を覚まして、ぐずってしまって」

疲れた表情をしているものの、赤子を見つめる彼女の眼差しには愛情がこもっている。今はただ自分を求めることしかできない、か弱く小さなその存在が愛おしくてならないという様子だった。

「――子供って、良いものなんでしょうね」

思わず漏れた呟きに、女将の顔が曇った。それを見て、失敗したなと思う。こんなことを言われても相手が言葉に詰まるのは分かりきっているのに。

けれど、聖母のように優しい顔をした若い母は、「ええ」と柔らかな声で答えた。

「どんなに手がかかっても、眠ることができなくても……やっぱり、命懸けで産んだ我が子ですもの。可愛いですよ」

「……産む前は」

「え？」

「あ……いえ。お腹《なか》にいる間から可愛いものなのかな、って」

彼女はやや怪訝《けげん》そうな表情になったが、すぐに微笑んだ。

「もちろんです。お腹にいると分かった時から、この子が可愛くなかったことはありませんわ。大好きな人との間に授かった子供ですもの」

そう答える彼女は、本当に幸せそうに見えた。

「さあさ。せっかく寝てくれたんだから、あなたもちょっと寝てきなさいな。昨夜《ゆうべ》も結局眠れてないでしょう？　この子は私が見ておくから」

隣で気遣わしげにレーネを見ていた女将は、何気ない風でそう言って、娘から赤ん坊を抱き取った。彼女の方も一瞬はっとした顔になり、少し決まり悪そうに「ありがとうございます」と言って義母に我が子を預けると、店の中へと戻っていった。

「ごめんなさい……気を悪くしなかった？」

赤子を抱いた彼女は、慣れた様子で身体を揺り籠のようにゆっくりと揺らしながら、うかがうようにレーネを上目遣いに見る。

「まさか。幸せな親子を見て気を悪くする人なんていないわ」

レーネの微笑みに女将も応じるが、何か痛ましいものを見るような視線は隠しきれていなかった。こういう時、自分は多くの女性にとって哀《あわ》れまれるべき対象なのだと実感し、遣《や》る瀬《せ》なくなる。

早々に話を切り上げようとふと視線を外した時、鼻頭に水滴がぽつりと落ちてきた。

「あら……降ってきたわね」

見上げると、薄青をした空に、北の方から灰色の雲が伸びてきていた。

そぼ降る雨の音に混じって、赤ん坊の声が聞こえた気がした。

作業台の上に、ランプが橙《だいだい》色の光を投げかけている。乾く目を時々瞬かせながら針を動かしていたレーネは、顔を上げた。

窓の向こうには何も見えず、雨の気配だけがひんやりと伝わってくる。ランプの光を受けて、窓硝子がレーネの眠たげな表情を映していた。

その時、ゆら、と風もないのにランプの火が揺れた。

窓に映るレーネの背後で、一瞬、何かが動いたような気がした。

はっとして振り返るが、そこにはいつも通り、古ぼけたトルソーが置かれているきりだ。

切断された下半身はスカートで覆われ、まるで脚《あし》が生えてきたかのような様相だった。

エリスに着せるドレスは、あと少しで完成しそうだった。男の指定した期日までには何とか間に合うだろう。だが、それはエリスがここを去る日が近いということでもあった。

そう考えると、彼女の手はいつの間にか止まってしまう。

――ひとりきりの家にやって来た少女は、無言でそこに在り続けるだけだというのに、いつの間にかレーネの心を占めていた。

離れたくなかった。

ぽっかり穴の空いた胸を、彼女が塞いでくれたというわけではない。夫のいた場所は永遠に空席のままだ。けれど彼女がいることで、孤独は孤独のままに癒《い》やされていった。

ドレスを完成させれば、彼女は去り、またレーネはひとりきりだ。

憂いを含んだ吐息とともに、視線を手元に戻した時。

――ぴちょん。

何かが滴《したた》るような音がした。

思わずエリスの方を振り返る。

ランプの光は少女の腰あたりまでしか届かず、胸元から上は濃い影の中に沈んでいる。

だが、レーネには確かに見えた。

その闇の向こうに佇む誰かが、エリスの顔をじっと覗き込んでいる様子が。

……かわいそうに。

闇が震えた。顔の見えない何者かは、表情のない声で少女に囁く。暗がりの中から、ぼんやりとした白い手が伸びてくる。その指先から、赤い雫《しずく》が一滴、伝い落ちた。

ぴちょん。

……僕の、娘。

胸を刃物で刺し貫かれたような気がした。

立ち上がろうとしてスカートの裾《すそ》に躓《つまず》き、レーネは崩れるように椅子から転げ落ちる。

水音は絶え間なく続く。それに混じって、赤ん坊の声が聞こえてくる。

「あなた……」

影はレーネを見ない。ただ、伝わってくる深い悲しみに溺《おぼ》れてしまいそうだった。

「ごめんなさい」

白い手はだらだらと血を流しながら、眠る少女の頰を撫でている。

気がつけばエリスの纏うシュミーズには、赤黒い染みが浮かんでいた。

あの時と同じように。

「ごめんなさい……ごめんなさい……」

うわ言のようにレーネは繰り返す。――今、ようやく分かった。

エリスに抱く感情の正体。それは、愛した人を思い出させる冷たい安らぎでも、ましてや母親が当たり前のように我が子へ抱く愛情でもない。

そんな綺麗なものであるはずがなかった。

硝子の棺の中に、鮮やかな色をした液体が満ちてゆく。白い肌はみるみるうちに沈んでゆき、亜麻色の髪が赤黒い水面《みなも》に揺蕩《たゆた》う。そして銀の短剣だけが最後まで残った。

『罪深き者よ、安らかに眠れ』

もう、目を逸らすことはできない。なかったことにはできない。失った自分の一部。

「私、本当は……子供なんて欲しくなかったの……」


女の子がいいな、と彼が微笑む。娘ができたら、と彼は夢みるような目をする。

そして、子供ができた時のためにと昼も夜もなく懸命に働く。

そんな彼の言動一つ一つが、レーネの心をコルセットのように締め上げた。

——あなたさえいれば、それでいいのに。

その一言が、言えなかった。言えるわけもない。

良き職人にして良き夫。自分を慈《いつく》しんでくれる優しい彼が、自分との子供を心から望んでくれている——妻として、これ以上ない幸福を自分は得ているはずだった。何より、そんな彼を失望させるようなことを言いたくはなかった。

夫がそこまで強く子供を望んでいることを知らなかったのと同じように、自分が自分でも驚くほど子供を必要としていないことを、レーネは結婚して初めて知った。

きっと、考えようとすら思わなかったからだろう。

レーネだって、結婚すれば当たり前のように子供が欲しくなり、当たり前のように子供を産んで、当たり前のように愛し育てていくのだろうと思っていた。別段そこに憧れはなく、自然にそうなるものなのだろうと……結婚という出来事がそういう現象を引き起こして、自分はただそれに身を任せていればよいのだと思っていた。

だが現実には、いつまで経ってもそんな心境の変化は訪れなかった。

自分にとっては彼と二人の暮らしが、好きな人と一緒に好きな仕事をできることが一番の幸せだった。そこに子供が欲しいという感情の入り込む余地はなかった。

むしろ周囲の人間が子供のことを口にするたびに、違和感は膨れ上がっていった。

母親は、十月ものあいだ胎内《たいない》に赤ん坊を抱え、死んでしまうかもしれない産みの苦しみの果てに送り出す。それができることが当たり前だと思われている。

女は子供を欲しがるのが普通だと。母親は子供を愛するのが普通だと。

愛する人との間に授かる子供――だから何だと言うのだろう。

愛する人と、その子供は別の人間だ。当然のように愛することができると、なぜ皆そんな風に思えるのだろう。もしも生まれた子供を愛することができなかったら、その時はどうするのだ？　産んでしまったが最後、産む前に戻すことにはできないというのに――。

それでも、辛うじて、そんな気持ちも子供ができれば変わるのかもしれないという希望は残っていたのだ。

だが、月のものが来なくなった時、生じたのは喜びよりも激しい恐怖だった。

ひどく混乱した。必死で抑えていたが、油断すると叫んでしまいそうだった。

自分の胎《はら》の中に別の生き物がいるかもしれない。自分の一部のようで、夫の一部のようで、そのどちらでもない「何か」は、今この時もレーネの中で成長しているのだ。

それはいずれ、レーネの身体を食い破ってこの世界に現れる。

吐き気がするほど悍《おぞ》ましかった。

——間に合わなくなる前に、早くなんとかしなければ。

料理をつくり掃除洗濯をしながら、思考に空隙《くうげき》ができるたびに、その思いはレーネを襲った。夫の腕に抱かれている時でさえ恐ろしくてたまらなかった。

眠れない日々が続いた。

客の採寸をしていると、自分の腹がどんなふうに膨れていくのか考えてしまい手が震えた。そして針を動かしながら、その銀色に輝く先端を見つめているうちに、残酷な感情は研《と》ぎ澄まされていった。

気がつけばレーネの手には、一つの薬瓶が握られていた。歓楽街の薬屋に行けば呆《あき》れるほど簡単に手に入る、ありふれた薬だった。

夫の静かな寝息を聞きながら、窓辺で小瓶の栓を抜く。青白い月明かりの中、透明な硝子の小瓶に満たされた毒々しい赤色の液体を、レーネはひと思いに呷《あお》った。

その晩は、久しぶりに安らかな眠りにつくことができた。

間もなくレーネの身体から流れ出た血は、遅れてやって来た月のものだったのか、それとも彼女の赤ん坊になるはずだったモノなのか――。

分からなかった。考えないようにした。

赤く濡れたシュミーズは洗っても洗っても跡が残り、すぐに捨ててしまった。

具合が悪そうにしている妻を、夫は気遣った。目の前の女が自分の子を殺したかもしれないとは夢にも思っていない、優しすぎる表情で。

これから夫の笑顔を見るたびに、自分は罪の意識に苛《さいな》まれる……子供を産むことと同じくらい、自分は引き返せない場所へ来てしまったのだ。緩やかな絶望がレーネを包んだ。

レーネは彼を愛し、彼もレーネを愛してくれている。

けれど二人は夫婦になるべきではなかったのかもしれない。自分がこんな身勝手な女でなければ、彼は今頃、我が子を愛する幸福を味わっていたはずなのに。

いっそすべてを彼に告白し、あらゆる非難を受け入れて彼のもとを去ろうかと、何度も考えた。だが彼の愛に触れるたびに、臆病な心は口を閉ざし――。

そして神は、レーネをお赦《ゆる》しにはならなかった。

彼は最期まで何も知らず、永遠にこの世を去った。レーネの罪を糾弾《きゆうだん》する者はもうどこにもおらず、ただ二人で過ごした店だけが残された。

レーネだけが、生きていた。

——ぴちょん。

水滴の音に、瞼《まぶた》を開く。温かなランプの光が眩《まぶ》しく目にしみた。

作業台に突っ伏していたため、腕が痺《しび》れている。

ぴちょん、ぴちょんと、屋根から雫が滴る音がしていた。雨はもう止んでいるらしい。

ぼうっとしながら振り向くと、変わらずエリスはそこにいて、真っ白なシュミーズを着て眠っていた。血の滴ったような跡など、どこにもない。

それでも、なかったことにはできなかった。

「エリス……私が、あなたを殺したのね……」

あどけない表情。レーネの胸を締めつける、その感情の名は、罪悪感だ。

カロンの舟にその身を横たえ、彼女は彼岸《ひがん》から戻ってきた。父と母との血を染み込ませて——自分を殺した母親に、自分の死装束を作らせるために。

彼女は、あったかもしれない未来であり、消すことのできない過去だった。

レーネは再び針を取る。そして二度と迷わなかった。

死んだ「彼女」のために、ドレスを仕立てなければならない。

それだけが、レーネがやり残したことだった。たとえエリスが何者であれ、レーネが犯した罪が消えない以上、エリスは確かに彼女の娘なのだから。

赤ん坊の声は、もう聞こえなかった。


扉のベルが鳴った。

出窓から見える夜明け前の街に人の姿はなく、往来は水を満たしたように薄青い。

「お待ちしておりましたわ」

椅子からゆったりと立ち上がった女主人の視線の先には、いつかと同じように佇む影のような男の姿があった。明るんでゆく街を背に、二つの眼だけが輝いている。

「悪いね。こんな時間に」

「まったくですわね。さあ……どうぞ、こちらへ」

灯り一つない薄暗がりの店の中、男を導いて、レーネは奥の小部屋の扉を開けた。

未明の青白い光が窓から入り、室内はぼんやりと浮かび上がっている。雑然とした仕事部屋は時を止めたように沈黙し、今だけはすべてのものが夢を見ているようだった。

その中を漂流する透き通った硝子の小舟が、少女の眠りを護っていた。

一片の曇りもない白い肌。それを包むドレスもまた、染み一つない無垢《むく》な色をしている。

それを見た男は、少しだけ眉を上げた。

「――成程。こうなったか」

「ご期待に沿うかは分かりませんが……任せる、と仰《おつしや》られたものですから」

レーネの仕立てたドレス――それは確かに、すべて真新しい生地を使い、彼女が一から作りあげたものではあった。だが、その見た目は元のドレスとほとんど区別がつかない。

まるで、点々と染みついていた汚れのみを、綺麗に拭《ぬぐ》い清めたかのように。

十分だ、と男は言った。

「随分と彼女を気に入ってくれたようだね」

「……ええ。とても素敵なお嬢さんですもの。このドレスも、彼女に気に入ってもらえるといいのだけれど」

「貴女が彼女にこのドレスを贈ったのなら、それは彼女が望んだからだ」

どこか知らない世界から響いてくるような声で、男は奇妙なことを言った。

まともに眠っていないせいで瞼が重く、思考が鈍くなっているレーネには、それがどういうことなのか深く考えることはできなかった。

けれど、その言葉は不思議と胸にすんなり落ちてきた。

「ええ……そんな気がします」

男が軽く手を上げる。すると、またあの晩と同じように、知らぬ間に店へ入ってきていた山高帽の男たちが棺を囲み、外へと運び出していった。

束の間だがレーネに安らぎを与えてくれた少女は、無言のままに去ってゆく。

「行ってしまうのね……」

思わず、ぽつりと呟いた。

「離れるのが惜しいかい?」

男の問いに、レーネは少しだけ言葉に詰まり、それから「いいえ」と答えた。

「私が彼女にしてあげられるのは、これだけですもの」

男はわずかに目を細める。そして帽子に手を添えると、軽く会釈《えしやく》をして背を向けた。

「世話になったね」

鴉《からす》のように黒い後ろ姿を見送り、女主人は深く礼をした。

リン、とベルが鳴って、そしてまた静かになる。

深く息をついて彼女が仕事部屋へ引き返すと、そこはレーネのよく知る姿に戻っていた。

トルソー。衣装掛け。キャビネット。窓辺の作業台。

——その中心には、もう何もない。

朝の白い光に包まれてゆく部屋の中は、初めから誰もいなかったかのように、すべてが元通りに見えた。けれど、同じように見えても、そこはもう別の場所だった。

過去を閉じ込めたクロゼットは今、開け放たれたのだ。

時間は進みはじめ、レーネをあるべき場所へと導いてゆく。

——なんだかとても清々《すがすが》しい気持ちだった。

日が上りきり、新たな一日が始まりを告げていた。

眠りから覚めたように、にわかに街は賑わいだす。通り沿いに立ち並ぶ店は、一軒、また一軒と扉を開きはじめていた。

小さな仕立屋の女主人もまた、いつものように色硝子の嵌った扉を開いた。

ベルの音が祝福するように涼やかに響く。

通りかかった者たちは皆、彼女の纏うドレスに目をとめた。

緑色のツーピースドレスは陽の光を受けて鮮やかな若草色に輝き、綺麗にまとめられた薄茶の髪と色の白い肌によく映えていた。腕のいい仕立屋が作ったのだろう、と誰もが思った。それは彼女にとても似合っていたから。

きっと旅行用のドレスなのだろう。あとは日傘と鞄《かばん》があれば、どこまでも行けてしまいそうな、軽やかで自由な美しさだった。けれど、彼女は何一つ手にしていない。

ならば彼女はどこへ行こうとしているのだろうか。

——白い陽光に、レーネは目を細めた。

行き交う人々。大通りを過ぎ去る馬車の影。——眩《くら》む視界。

刹那《せつな》、その合間に見えたものに、彼女は笑みを浮かべた。婚礼の日の花嫁のように、それはそれは幸せそうな表情で、ドレスの裾を揺らして彼女は歩みだす。

通りの向こう側で優しく微笑む、愛しい夫のもとへ——。

そして、その瞬間、彼女の身体は高く舞い上がった。

鋭い馬の嘶《いなな》きが、たちまち平凡な朝の風景を切り裂いた。馭者《ぎょしゃ》の男が野太い怒声を上げる。続いて彼女の名を叫ぶ、女性の悲鳴。

——ねえ、あなた……あの子のドレス、私が作ってあげたのよ……。

彼女の目に最期に映ったのは、薬指に嵌った銀の結婚指輪だった。

その輝きの中に浮かんだのは、一人の少女の横顔のようであり、幸せな家族の姿のようでもあった。

◇◇◇

花弁が一枚、はらりと舞い落ちた。

白雪のように凛と咲いていた大輪の芍薬は、今は茶色く蝕《むしば》まれ、項垂《うなだ》れている。

その様子を一対の青い瞳が捉えていた。だが「彼」が本当に視《み》ているものは、もっと別なもののようでもあった。

「――また一つ、物語が終わった」

喪服のような黒の揃いに身を固めた男は、気怠げに山高帽を取ると、革張りのソファへ背をもたせかけた。端整な顔からは不自然なほどに年齢が読み取れず、かと言って印象に残るような個性もない。ただ眼光ばかりが異様に強く見えた。あたかも、闇の中に爛々《らんらん》と輝くと伝えられる冥府の渡し守《カロン》の瞳のように。

黒い手袋に包まれた手を伸ばし、男は枯れ落ちた芍薬を一輪、鈍色の花瓶から抜き取る。

そして、残酷な娘だ、と皮肉げに呟き、手にした花を別の場所へと移し替えた。靴先がわずかに触れないくらいの位置に置かれた、大きな硝子の箱の中に。

そこには、御伽噺《おとぎばなし》の絵本の一頁を現実に写し取ったかのような光景があった。

硝子の棺の中に身を横たえ、目を閉じる少女。その肌は雪よりも白い、死体の色。かの童話の姫君は最後、自らに毒林檎を与えた魔女――偽《いつわ》りの母に死を与えるのだったか。

「君もまた、哀れな母親を死へと追いやるのか……それとも救ってあげたのかい？」

深い色をした男の瞳に映るのは一人の女性の物語だった。それは真っ赤な美酒のように、人知れず男を酔わせる。

彼女は甘美な救済よりも自分を罰する者を求めた。

――いや、罰されることこそ、彼女にとっての救いだったのだろう。けれど。

「エリス……君と出会わなければ、彼女はいずれ過去に見切りをつけて、自分の人生を歩みだしていたのかもしれないね」

本当は、人間というのは、そうして生きてゆくものなのかもしれなかった。

栄達の望みであれ、破滅の望みであれ、自らの心のままに生きられる者などごくわずかだ。

悲しみだけで死ねるなら。罪の意識だけで死ねるなら。もしかすると、人はもっと幸福に生きられるのかもしれない。

けれど神は、死を恐れるように人を創った。愚《おろ》かで、哀れで、時に優しい罪人《つみびと》たちは、もがき苦しみながら己の身を引きずり、それでも明日を生きるしかない。

『罪深き者よ、安らかに眠れ』

彼女の墓標に刻まれた言葉は、果たして彼女自身に向けられた祈りなのだろうか。

長い時の流れの中で、様々な人間の手から手へと流転し続け、数えきれないほどの命を捧げられてきた少女。彼女ほど安息の眠りから遠い存在もあるまい。

——彼女に関わり魅入られた者は、導かれるようにして奈落の底へと身を躍らせる。

過ぎ去りし冬のある日、彼女の上に血の花を咲かせ、短い命を散らせた若者もまたそんな愛おしい罪人たちの一人だった。

エリス——異教の女神の名をもつ少女。

彼女は、善良なる光に照らされた世界から追放され、時に自ら背を向けた罪深き者たちを、安らかな永遠の眠りへと誘う。

そうして一人、また一人と、物語の舞台へと登っては降りてゆくのだ。まるで、初めから定められていた運命であったかのように。

それを目にするのは、ただ彼女の棺を運ぶ者——呪われた男《カロン》のみ。

「——まったく、どこまでも忌々《いまいま》しい」

多くの死に彩られながら、そのすべてに目を閉ざして清らかに眠り続ける乙女。

彼女が纏うドレスの穢れなき美しさを、男は長いあいだ見つめていた。

選ばれざる人々

号外

本日早朝、×××河畔《かはん》の修道院廃墟《はいきょ》内でアッシュフォード伯爵ら八名が死亡しているのを、土地の管理人が発見した。警察は殺人事件とみて捜査している。

殺害されたのはアッシュフォード伯爵オスカー・ハワード卿《きょう》、グラント伯爵エドマンド・モリス卿、バートン子爵……（中略）……以上七名の紳士および身元不明の女児一名。

さらに、同じく本日早朝、水死体で発見されたセドリック・ソーンヒル氏とも何らかの関係があるとみられる。同氏は、先ごろ準男爵に叙された銀行家バーナード・ソーンヒル氏の嫡男《ちゃくなん》であり、被害者の伯爵らとも親交があった。

（中略）

関係者への取材によれば発見当時、現場となった廃墟には黒魔術を想起させる円陣や書物が残されていた。殺害された紳士らは、黒装束と仮面を身につけた奇怪な姿で、また女児については木箱のようなものに安置された状態で発見された。

伯爵らとソーンヒル氏は、以前から度々怪しげな集会を催《もよお》していたことが分かっており、警察は今回の事件との関連性についても捜査を進めている。

◇　◇　◇

あつい豆粥《Pease porridge hot》、つめたい豆粥《Pease porridge cold》、鍋で九日ほったらかしの豆粥《Pease porridge in the pot nine days old》
あついのが好き《Some like it hot》、つめたいのが好き《Some like it cold》、鍋で九日ほったらかしのが好き《Some like it in the pot nine days old》……
……。……。……はいはい、いま出るよ。

何の用だい？

……なんてな。言わなくたって分かってるさ。

この二、三週間ほど、似たような奴らが代わる代わるやって来ちゃあ、あれを聞かせろこれを聞かせろと俺にせがむ。親に寝物語をねだるガキみたいにな。

急に有名人になったような気分だよ。やれやれ……。

だが諦《あきら》めてくれ。そろそろ出かけようと思ってたところなんだ。

ここにはいられないんでね。知っての通り、雇い主が死んじまったもんで。

こんな四十過ぎの小汚《こぎたね》え野郎、あの方でもなけりゃあ格式高い伯爵家で雇ってくれるはずもねえだろ。なにせ邸《やしき》は伯爵の不名誉な急死で大騒ぎだ。いくら主人の終焉《しゅうえん》の地だからって、辺鄙《へんぴ》な土地の管理人に構ってる暇はねえ。勝手に消えてくれた方がせいせいするとでも思ってるだろうさ。

そういうわけだから、あんまり悠長にお喋《しゃべ》りしてやるつもりもねえよ。

大体、俺が聞かせてやれることなんて、もうこの国の誰もが知ってることばかりだろ？

なんてったって、上流階級《アッパークラス》じゃ前代未聞の醜聞《スキャンダル》だからな。

一体何人に同じ話をしてやったか。

――世紀の黒魔術殺人事件！　血塗られた修道院の惨劇《さんげき》！

なんて、そんなとこかい？

よく知らねえんだ。とんと興味がなくてね。あんたたちにゃあ悪いが新聞なんざ読まねえもんで、俺のつまらねえお喋りがどんな風に書き立てられてるかも確かめちゃいねえ。

俺の気になることなんて、専《もっぱ》ら目先のことだけさ。柔らかい寝床と食い物。それくらいだよ。伯爵の気まぐれで拾われて、ここの管理人に収まってからは天国みたいだった。

それももう終わりだけどな。

伯爵は良い人だったさ。少なくとも俺にとっては良い人だった。それで十分だろ？

さて、そろそろ行かせてくれ。……あア？　うるせぇよ、何でもいいだろ。

俺がどこへ行こうが、事件には何の関係もないんだからな。何を訊《き》いたっておんなじさ。

いちいち俺に訊くより、そこらの梱包材でも開いてみる方が早いぜ。

まったく、なんだって記者ってのはこうも同じことばかり……ああ？

なんでそんなこと訊くんだよ。

知らねえよ。何も見てねえ。伯爵には、あそこには入るなって言われてたんだ。

……はあ。分かったよ。立ってんのも疲れる。とりあえず入れよ。茶は出ねえぞ。アァ？　臭うだァ？　河が近《ちけ》ぇんだ当たり前だろ。文句があるなら帰れってんだ……ったく。

あれを見つけちまったのも、あの朝、伯爵邸の人間が来たからさ。

ここから少し離れたところで待たされてた馬車の馭者《ぎょしゃ》だよ。いくら待っても伯爵が戻らなくて、とうとう夜が明けちまった、ってんで青い顔して。気の毒な奴さ。「廃墟の修道院なんて不気味だから行きたくない」って、幽霊でも出やしないかと怯《おび》えてる。夜でもねえのに。笑っちまうよな。仕方ないんで俺一人で様子を見に行ったのさ。

だが結局、ある意味では、あいつは正しかったわけだ。

つまり、生きた人間が一人もいなかったって意味ではね。

まったく惨《むご》たらしい有り様だったよ。

東の窓から朝日が差して、石造りの教会堂はぼんやり明るかった。赤い蠟燭《ろうそく》が何本も立ってたけど火は全部消えてて、あちこちに赤い布が垂れかけてあって……祭壇の前の床にも変な模様が描いてあったな。ああいうのが必要なのか？　黒魔術の儀式っていうのには。

でも、俺にゃあ興行の終わった見世物小屋の天幕《テント》みたいに見えたよ。なんとなく白《しら》けた、間抜けな感じがしてさ。

その床の上に、真っ黒な塊《かたまり》が五つ六つばかり転がってんだ。ゴミみたいにさ。まあ人間だったんだが。だが死体ってのは本当に人間と呼べるのかね。

周りには赤黒い血溜まりができて、それも固まってテラテラ光ってた。

すぐに馭者のところへ戻って知らせても良かったんだが、その時の俺は妙に落ち着いてたな。ほら、とんでもねえことが起こってると逆に冷静になることってあるだろ？

とにかく、その中に本当に伯爵がいるか確かめようと思ったんだ。それで黒い塊を……黒いローブを着た男どもの死体の顔を、一つ一つ覗《のぞ》き込んでいった。

自分で始めたことだが、あれはあんまり気持ちのいいもんじゃなかったな。

土気色の顔を引き攣《つ》らせて、こう、目をカッと見開いて……あの臆病者の馭者が見たら、目を回してぶっ倒れたに違いねえや。

だが、あんまり大きな声では言えねえけどよ、実は……俺ァ、ちょっとだけ笑っちまいそうになったんだ。

だって、みんなしてヘンテコな仮面をつけてるんだぜ？　目の周りだけ隠すようなアレさ。立派なお貴族さまが、よりにもよってそんな姿で死んでたんだ。へへ……女の腹の上で死ぬよりも、よっぽどシミッタレで情けない最期だとは思わねえかい？　ああ、これは内緒にしといてくれよ。ま、俺と同じように思う奴は珍しくなかろうがね。

で、案の定、伯爵も死んでたってわけだ。祭壇の前で仰向けになって、胸を真っ赤にしてな……呆気《あっけ》ないもんだよ。その時ばかりは、俺もちょっと動けなくなっちまった。知らねえ奴の死体ならいくら見たっておんなじだが、会って話したこともある人間が死んじまってるってのは、それがどんな死に方だって慣れるようなもんじゃねえだろ？

その傍《そば》に棺桶《かんおけ》みたいな黒い箱があって、これまた中で女のガキが胸から血を出して死んでた。薄汚え服着た、瘦《や》せっぽちの貧相な奴さ。髪だけは妙に綺麗《きれい》な色してたけどな。薄茶、いや、金か？　……ああ、亜麻《あま》色っての。さすがブンヤだ。そう……哀《あわ》れなガキだよ。

それから……。……いや。それだけだ。俺が見たものは、それだけだよ。

何がなんだか分かりゃあしなかった。

あとは、あんたも知っての通りだろ？　警察《ヤード》が来て、現場の検分を始めて、俺も色々としつこく訊かれたさ。何せ、あの廃院はこの小屋の目と鼻の先だからな。しかも犯行には拳銃が使われてるときた。それで銃声に気づかねえのはおかしいと、こういうわけだ。

だが前の晩、俺はここにいなかったんだよ。悪運に恵まれてるのかね。

パブで飲んでるうちに寝ちまって、帰ってきたのは空も白みはじめた頃だった。

そもそも俺には伯爵を殺す理由もない。証言ってのも取れて、晴れて自由の身だ。

犯人もすぐに挙がった。――と言っても、死んで河に浮いてたわけだが。

何でも、このところ伯爵に付きまとってた成金貴族のボンボンだってな。

伯爵の〈集会〉に参加してて、溺死《できし》だってのに全身血まみれで、自分の邸から銃まで持ち出してたときちゃあ、証拠だらけだよなあ。おまけに事件のあった日、そいつらしい男がガキと裏路地に入っていくのを見たって話もある。俺の話を聞きに来た奴らが頼みもしねえのに教えてくれたよ。

そいつがあのガキを殺して、それから伯爵たちを殺したんだと。なんでも生《い》け贄《にえ》だとか、悪魔の召喚だとか……あいつらも面白いこと考えるよなあ。記者よりは小説家の方が向いてるんじゃねえかと思ったね。まったく想像力逞《たくま》しいことだよ。

本当に見た奴は誰もいないってのに。

これまで俺が聞いた中で一番面白かったのは、ガキを殺したのは本当は伯爵だった、って話さ。もちろん、とてもじゃないが記事には書けないと言ってたがね。

そいつが言うには、伯爵はガキの魂《たましい》を代償にして悪魔を召喚したんだそうだ。ところが、悪魔は伯爵の言うことを聞かず、代わりに成金息子に取り憑《つ》いて奴らを皆殺しにした。

どうだい？　なかなかよくできた話だろ。

――俺か？　さあな。正直、俺にはあの人が何を考えてたかなんて分からねえ。高貴なお方たちの考えなんざ、下々《しもじも》の者に分かるわけがねえからな。

だが、あの人が俺の恩人ってことに変わりはねえ。あの人がいなけりゃ、俺はどこぞで野垂れ死んでただろうさ。伯爵には感謝してるよ、本当にな……。

アア？　そりゃつまり、なんで俺が伯爵家の土地管理人なんかやってるかって、そういうことかい？　ハハッ、変な奴だな、あんた。興味を持ってくれるのは結構だが、面白い話なんて俺には一つもないぜ？

そう……どこにでもあるような、ありふれた話さ。

ありゃあ、二年前の冬だった。俺は勤めてた織物工場をクビになって、文字通り路頭に迷ってた。俺だけじゃねえよ。大勢の仲間と一緒さ。

工場が別の会社に買収されちまったんだ。新しい工場長は利益を上げるために人員を減らすって、惜しげのない奴から順番に暇を出していった。ひでぇ話だよ。

外はちらちら雪が降ってるってのに、「従業員でない者に貸す宿は無い」とかなんとか言って、住んでたとこまで追い出されちまった。

寒いし腹は減るし、不況でどこも人を雇っちゃくれねえ。おまけに俺は移民だからな。まあ、こっちへ来たのはガキの時分だから、故郷のことはほとんど憶《おぼ》えちゃいねえけど。

それでも向こうには関係ねえ。あいつらにとって移民は悪さをする厄介《やっかい》者だ。同じ給料払うなら、少しでもマトモそうな奴を選ぶ。

いつだって俺は選ばれない方なのさ。

思えば俺の暮らしは昔っから、ひもじくて寒いばっかりだったなあ。

この国へ渡って来たのだって、故郷でモノが食えなくなったからだ。知ってるかい？　人間ってのは腹が減ると死んじまうんだよ。ガリガリに痩せて、病気に罹《かか》って、どんなに賢い奴も、偉い奴も、優しい奴も、みんなおんなじ姿になって死ぬのさ。

そんなの、俺は絶対に嫌だね。腹を空かして死ぬなんて。

あつい豆粥《Pease porridge hot》、つめたい豆粥《Pease porridge cold》、鍋で九日ほったらかしの豆粥《Pease porridge in the pot nine days old》……

俺は昔から、粥《ポリッジ》が一番好きなんだ。故郷の方じゃ豆粥《まめがゆ》よりも芋《いも》粥だったがな。

どっちにしろ上等なもんじゃねえが、あったけえのが腹に入ると何とも言えずほっとするだろ？　だが、それだって何日も食っちゃいなかった。腹に溜まらねえ歌ばかり歌って、もう冷たくても、腐ってても、何でもいいから腹に入れたかった。

とにかくフラフラだったんだ。元々少ねえ手持ちはスッカリなくなっちまって、助けてくれたのは酒だけさ。飢《う》えも寒さも忘れさせてくれる優れものだよ。

でも、ついに、その酒も切れて——。そんな時だよ。伯爵と出会ったのは。

伯爵は俺に、食い物と寝床と仕事をくれた。どうしてかなんて、そんなこと俺に訊かれてもな。なにせ本人が死んじまってるんだから。でも……ああ、よく覚えてるよ。

座り込んで呆然《ぼうぜん》としてる俺に、あの人は手を差し伸べて言ったんだ。

「君のような気の毒な人を助けるのも高貴なる者の義務《ノブレス・オブリージュ》だ」ってね。まっすぐ俺を見て、礼儀正しく微笑《ほほえ》んで……そう、まるで……。……まるで、神様だった。

普通なら人生で一度も乗るはずのないような高級な馬車の中で、あの人が「欲しいものを言ってごらん」って訊いてきたんで、俺は何も考えず「ポリッジ」って答えた。そしたら、あの人は笑いながら「温かいのをたくさん食べさせてあげよう」って言ってくれた。

あの日、俺は確かにあの人に救われたんだ。

たとえあの人が、どんな如何《いかが》わしい遊びに手を染めてたとしてもな……。

どうだい泣けてくるだろう？　……あァん？　クサすぎて泣けてきた？　失礼な野郎だなあ！　嫌ならいつでも帰ってくれりゃあいいんだぜ？

……あ、そう。あんたも粘るねえ。

俺が知ってたか？　そりゃあもう飽きるほど訊かれたし、何度訊かれたって答えは同じさ。俺が知ってるのは、あの人が仲間と一緒にあの廃墟に集まってた、それだけだよ。

言ったろ？　入るなって言われてたんだ。おかしな話だよ、俺はここの管理人だっててのに。管理する土地にある建物に入っちゃいけねえなんて……ああ？

俺の仕事？　あんたも本ッ当につまらねえことばっかり聞きたがるな。そんなんで食ってけるのかい？

はあ……そりゃおめえ、妙な奴が出入りしてないか見張るんだよ。こういう寂れた土地ってのは、すぐに浮浪者の溜まり場になるからな。俺みたいなロクでなしに見張らせとくくらいがちょうどいいんだろうさ。あの〈集会〉場所が荒らされないように。

「それだけ」だア？　つくづく失礼な奴だな。腐っても人の仕事を……って、まあ無理もねえか。伯爵にとっちゃ、俺を雇うのはちんけな慈善事業みたいなもんだからな。

——守る？

さあな。あの修道院に、そんなに価値のあるモノがあったってのかい？

しつこい奴だな。だから言ってるだろうが、何も見ちゃいねえってさ。

ハア？　そりゃあ言葉のアヤってやつだよ。お前が「他に何か見たか」って訊くから、こうやって答えてるだけだ。いい加減、怒るぞ。だから俺が一体何を見たって……。……。

——は？

ッ、てめえ、どうしてその名前を……っ！

——あ……。……あー、……ははっ。やられたな、参ったよ。くそったれ。

あんた……確か、ウィルって言ったか。あんた一体、何モンだ？

まさか俺の知らない間にあそこに入り込んだのか？　それとも記者どもはもう、そんなことまで嗅《か》ぎつけてんのかい？　教えてくれよ。俺の方が知りたいくらいなんだ。

あの娘のことを、さ。

知ってるんだろ？　答えてくれよ。俺ばかり喋るのは不公平じゃねえか。頼むからさ。

……チッ。ああ、そうかい、交換条件ね。クソが。だから記者は嫌いだってんだ。そんなこと言って体《てい》よく搾《しぼ》り取ろうって寸法だろ。だけど、よく覚えとけよ。

この話だけは、俺はどの記者にも喋っちゃいねえ。書けば、あんたの一人勝ちさ。

だが、なんで俺が今まで喋らなかったか分かるか？

言えば面倒なことになるってのもあるが、そもそも誰も信じるわけがねえからさ。

なんてったって証拠は何一つねえ。煙みたいに消えちまって、見た奴はみんな死んじまったんだからな！

正直、俺だって、もう分からなくなっちまってたんだ。

でも、そうか、それじゃあ――。

あの子は本当に、あそこに居たんだな？

――う……あはははっ！　そうか！　そうなんだな、いや、すまねえ、ひでえこと言っちまって。あんたはそれを俺に伝えに来てくれたんだ。あんたが来たのが、俺がここを出ていく前で本当に良かったよ！

さて、何から話せばいいんだろうな。そう……始まりは至ってシンプルだった。

妙な奴が、あの廃院に入っていくのを見つけたのさ。つまり例の人殺しがだよ。あの時はまだ人殺しじゃなかったけどな、たぶん。

身なりは良いくせに、まるで盗っ人みたいに周りを気にしてキョロキョロしてるんで、面白いくらい怪しかったぜ？　どう見ても何か後ろ暗いことをしようって奴の動きだったよ。夜なら多少は様になるが、まだ日も高い時分だった。そりゃあ周りは見ての通りの林だし、人なんか滅多に来ねえわけだから昼だって関係ねえと言やあそうなんだが、誰かが見てりゃあ丸わかりだよ。間抜けなもんさ。

なんにせよ、管理人としちゃあ見逃せないだろ？

それで、窓から中を覗いてみたのさ。堂々と入って行ってとっちめればいいようなもんだが、なにせ伯爵には「入るな」って言われてたからな。

え？　ああ、そういえば一度も覗いてみたことはなかったな。興味がなかったんでね。

大体、そんなことで寝床と食い扶持《ぶち》がなくなっちまうのも馬鹿《ばか》らしいじゃねえか。

だが、怪しい奴を監視するのは立派な仕事だもんな。

とにかく俺はあの陰気臭い教会堂の中を、その時初めて見た。

奴は祭壇の前に立ってたよ。中は薄暗かったが、天井に近いところの窓から光が入ってきて、切り取ったみたいにそこだけ明るかった。

祭壇の上には、きらきらした箱みたいなもんが置いてあってな。その時はよく見えなかったが、あいつはそれに寄りかかるようにして、そこからじっと動かなかった。

初め、俺はそれが伯爵秘蔵のお宝か何かで、あいつはそれを盗もうとでもしてるのかと思った。でも、どれだけ経《た》ってもあいつは動かない。何かに縛られちまったみたいにな。しょうがないんで俺も辛抱して見てたさ。いつかは妙な動きをするんじゃないかって。

でも結局あいつは、しばらくしたら出て行っちまった。まったく拍子抜けだったよ。

後を追ってもよかったんだが、俺はそれよりも、あいつがあそこで何をしてたのか確めなくちゃならねえと思ったんだ。俺が見てないところで、あいつが何か悪さをしていったかもしれねえ。それで俺が伯爵にお咎《とが》めを受けるなんて嫌だからな。

……いや。実を言うと、ちょっとだけ気になっちまったのさ。あそこに何があるのか。あいつのこたぁ言えねえ。俺も奴とおんなじように、誰にも見られてねえかキョロキョロしてから、教会堂の中に入った。

石の壁一枚で、ずいぶん静かになるもんだと思ったね。しーんとしてて、荘厳《そうごん》っていうのか？　とてもじゃないが、あんな悪趣味な遊びに使われてるようには見えなかったよ。

その一番奥の真ん中、祭壇の上に、例の箱が置いてあった。

陽《ひ》の光が差して、きらきら光って、眩《まぶ》しかった。

吸い込まれるみたいに、俺はそれに向かっていった。

近づくにつれて俺はやっと、それが何なのか分かってきた。光ってたのは、そいつが硝《ガラ》子《ス》でできてたからだ。でも箱というには大きすぎるし、おまけに妙な形をしてやがる。

俺の考えが正しいのなら……ありゃあ間違いなく、棺《ひつぎ》だった。

だが、どこの世界に硝子なんぞで棺を作る奴がいる？

硝子ってのは向こうを見通すために使うもんで、棺は土の中に埋めちまうもんだろ？　店屋のショーウィンドウじゃねえんだぞ。そんなもん作る奴は、グズグズに腐っていく死体が見たいイカレポンチさ。

でも、それは本当に棺だったんだ。だって中に居たんだからな。

若い女……いや、二十にもならないような、お嬢さんの死体が。

俺ァ、自分が夢でも見てるんじゃねえかと思った。

こんなキレイなもんがこの世にあるのか、ってな。枯れた花が周りに敷き詰めてあって、年代物らしいドレスを着て、髪は絹糸みたいにつやつや光る、そう……亜麻色だ。

まるで生きてるみたいだった。ほら、女子供が好きな御伽噺《おとぎばなし》で似たようなのがあるじゃねえか？　……ああ、それだ。それみたいだなって思ったよ。

なんで死体と分かったか？

……ハハッ！　あんたはさぞや幸せな人生を送ってきたんだろうなあ。

あのな、死体ってのは、生きた人間がただ目を閉じて動かなくなるのとは違うんだぜ？　もっと根底から何かが違っちまうんだよ。たとえ生きてるみたいに見えたとしてもな。

まあ、そんなことは今どうでもいいじゃねえか。

とにかく俺はあそこで、あの子を見つけたのさ。

警察に？　馬鹿だな、そんなこと俺が話すと思うか？　だって、あの子があそこに居るってことは、「伯爵があの子の存在を知ってる」ってことなんだぜ？

つまり、死体を飾っておいて見るのを楽しむイカレ野郎は伯爵だったってことさ。

そんなことが世間に知れてみろ。俺の仕事は、居場所はどうなる？　雨風しのげる家は、柔らかい布団は、温かいポリッジは？

……そうさ。俺は誰にも、何も言わなかった。

そのあとも、あのいけ好かねえ成金野郎は毎日のように姿を見せちゃあ、あの子のところへ行って、長いあいだじっと見つめて、それから帰っていった。それもどんどん眺めてる時間が長くなるんだよ。俺はその間じゅう、あいつのことを見張ってた。あいつが出て行ったあとは、あいつがあの子に何もしてないか確かめるために教会堂の中に入った。

もちろん、いつ見ても、あの子はどこも変わっちゃいなかったがな。

でも段々、それがおかしいってことに気づいたんだよ。だって、そうじゃねえか。ずいぶん時間が経ってるはずなのに、あの子はいつまでも腐らねえんだ。

普通、死体をほったらかしにしとけば、古い粥みたいに色が変わって臭くなるだろ？ところがあの子ときたら、いつまでも冷たいまま時が止まっちまったみたいだった。

それでやっと分かったんだ。伯爵があの子を片付けないで、ずっと飾っておく理由が。棺は硝子製じゃなきゃいけなかったのさ。伯爵は死体が腐っていくのを観察したいわけじゃなかった。あの子を好きな時に眺めるために、いちいち真っ黒な棺の蓋《ふた》を開けたり閉めたりするのは手間ってもんだろ？

あいつが来るようになっても相変わらず、週に一度は夜の教会堂に灯《あか》りが入った。伯爵と愉快《ゆかい》な仲間たちは、可愛《かわい》いあの子を囲んで一体何をやってたんだろうな。遠くの灯りを見ながら、俺はなんだかムカムカしてた。……だからだよ。例の〈集会〉がある日は、決まってパブへ呑《の》みに行くようになったのさ。

ああ、白状するよ。俺はとっくに、あの子に夢中だった。

それまでの俺はこの世に希望なんざないと思ってた。ただ生きるために生きてたんだ。死ぬのは嫌だから、生きてるだけだった。

そんな俺の前に、あの子はまるで天使みたいに現れたのさ。

俺は冷たいもんは嫌いだ。腹に溜まらねえもんはもっと嫌いだ。それなのに、なんだってあの子のことがあんなに好きになっちまったんだろうな。……きっと、あの子を見てると、寒いのも、ひもじいのも、全部忘れちまうからだ。あの子より冷たくて、生きるってことから遠いもんは、この世にありゃしないんだから。

あの子は俺の救いだったんだ。

だが、俺に比べて、あいつときたらどうだ？

身分もある、金もある、飢えることも寒さに震えることもねえ、温室育ちのお坊ちゃんが……どうせ欲しいものは何でも手に入る、あったけえ生身の綺麗な女をいくらでも抱ける奴が、なんであの子のところへ通って来るんだ？

俺はいい加減、腹に据えかねてたんだ。

それで、いつかの晩、久しぶりに伯爵がここを訪ねてきた時に言ってやったんだよ。

怪しい若い男が出入りしてる、ってな。だが伯爵はなんて言ったと思う？

「彼は大事な客人だから、好きなようにさせておくといい」だとさ！

あいつにあの子のことを教えたのは伯爵だったんだ。あいつは伯爵に〈集会〉へ誘われて、そこで彼女に一目惚《ぼ》れしちまったらしい。それにしても、あんなコソコソと出入りしてる奴が客人だなんてな！　俺は笑っちまったね。間違いねえ。あの野郎、伯爵に泳がされて遊ばれてたのさ。気の毒な奴だよ！

けど俺だって、みすみす目の前であの子を盗み取られるのは良い気がしねえ。

こんなでも、俺はこの土地の管理人なんだ。あの子だって、それ以外だって、この土地のモノは俺の管理物だ、違うかい？　だから俺は言ったのさ。

あの子のことは、いつもみたいに俺に片付けさせないんですか、ってね。

伯爵はさも面倒くさそうに俺を見た。その時点で、俺は伯爵との約束を破ったと言ったようなもんだが、当の伯爵にはそんなことどうでも良さそうだったな。

伯爵は言った。「君に彼女を始末することができるのかね？」ってさ。

——そりゃあできるわけねえさ！　俺だって本当に彼女を「片付け」ようなんて思っちゃいなかったわけだし。でも、他のは毎度ゴミみたいに俺にくれて寄越すくせに、あの子だけ駄目なんて、ちょっと理不尽じゃねえか？

伯爵には鼻で笑われたよ。「君には温かいポリッジをあげただろう。それ以上、何が欲しいと言うのだね？」って。冷たいもんだよ。涙が出るね。

でも、そう言われて俺はやっと気がついたのさ。

俺にはもう、温かいポリッジよりも大事なものがあるんだ、ってな！

ほら、聖書にもあるだろ？　人はパンのみにて生くるにあらず、って。俺にはあれがどういう意味かずっと分からなかったんだが、その時ようやく合点がいった。あの時の俺の気持ち、あんたには分からねえだろうなあ……。

生きるためよりも大事な、生きることの理由を見つけたような気になれたんだ。

なあ、それが希望ってやつなんだろ？

──おい、顔が青いぞ？　大丈夫か？　せっかく俺がイイ話してやってるってのに。

まあいいや。でも、そういう意味じゃあ、伯爵は伯爵で気の毒な人だったのかもな。あんなに疲れた顔の伯爵を見るのは初めてだったよ。なんていうか、死んじまいそうなくらい退屈って顔だった。「もう以前ほど心が動かない」とか、「私の楽しみはまた一つ失われた」とか、そんなことを独り言みたいに言ってたな。

あの人は俺なんかと違って何でも持ってたのに、何にも満足できなかったんだ。初めは刺激的だった仲間とのおもちゃ遊びにも、すぐに飽きちまったんだろう。

もしかしたら、あの子だけが伯爵を楽しませてくれたのかもしれねえな。

──あ？　あんたも大概しつこいな。だから言ったろ？

伯爵たちが〈集会〉で何をしてたかなんて、俺は知らねえ。見てねえからな。あんたたちの方がよく知ってるじゃねえか。

生け贄だの、悪魔召喚だの、黒魔術だの。そういう遊びがあるんだろ？　あの子を祭壇に飾っておいて、さぞかし好き放題やってたことだろうよ。

あの成金野郎が〈集会〉に参加するようになってからは、連中も多少は行儀が良くなったと見えるがね。そりゃあ、あんな腰の引けたオドオドした奴がいちゃあ、刺激的な遊びもできねえだろうさ。……ああ、それか、悪趣味な奴らのことだ。ひょっとするとあの臆病者がどこまでできるか賭けでもしてたのかもしれねえな。自分が殺される目に賭けてた奴は、今頃地獄《じごく》で大勝ちしてるってわけだ！

おっと、話が逸《そ》れちまった。

少なくとも俺に分かるのは、夜更《よふ》けに俺ンところへ運ばれてくるモノのことだけさ。

——何ブルブル震えてんだよ。……ハハッ、まるで初仕事の時の俺みたいだ。

あの時はビビり散らかしちまってさ。まあ聞けよ。

どうしていいか分かんねえから、とりあえずその辺に埋めたんだったな。その夜はとても眠れねえと思ったけど、穴掘って疲れてたんで思いのほかグッスリだった。

それからも、事あるごとに俺の小屋に投げ込まれてな。たまに派手に遊び倒されたやつもあって、ありゃあ流石に胸が悪くなった。

一体どこからこんなもん調達してくるのか不思議だったが、見てりゃあ、みんな似たようなのばっかりさ。薄汚くて、貧相で、そう……俺や、あのガキみたいなのばっかり。

それで分かったよ。

一歩間違えたら俺だって、遊ばれて、片付けられる側の人間になってたんだってな。

だが、俺にはもう、伯爵の言うことを聞くしか道は残ってなかったのさ。そうだろう？　伯爵が居なけりゃ、俺はまた、あの惨《みじ》めな生活に逆戻りだ。それが分かってて、伯爵は俺を拾ったんだよ。俺は、餌《えさ》を与えた分だけ働く家畜だ。遊び道具ですらねえのさ。

神様みたいな顔をして……ハッ、とんだ悪魔だった。

――ああ、でも、それじゃあ、お姫さまみたいなあの子は、一体どこから来たんだろう。

俺は初め、あの子も伯爵たちが殺したんだと思ってたんだ。だけど、あんなに綺麗で、健康そうで、幸せそうで、なにかの間違いで息を止めちまったような子が、ひどい死に方したなんてとても思えねえ。今まで俺が片付けてきた死体とは全然違うじゃねえか。俺はすっかりあの子が欲しくなっちまった。

でも、あの子をくれねぇ伯爵は、遊び終わったおもちゃだけ残して行っちまったんだ。「君にくれてやれるのはこれだけだ」って言ってな。

そんなもんもらったってなんにもなんねぇのに。俺が欲しいのは、あの子だけなのに。

――こう言っちゃなんだが、俺だって試してみたんだぜ？　伯爵にもらった余り物でさ。

でも全然ダメだったよ。何べんやってもからっきしさ。

最後に伯爵が置いてったやつも、珍しく見た目のいいやつだったんで、中身を抜いたり洗ったり色々してみたが、すぐ駄目になっちまった。ほら……そこだよ。

あんたの隣にある木箱の中さ。

そんなに臭うかい？　すまねえな。もう収拾がつかねえんだ。どのみち出て行くからって置きっぱなしにしてたら、どんどん腐っちまって。

やっぱりあの子みたいにはいかねえんだよなぁ……。

ああっ、おい！

……あーあ、きったねぇ。人んちで吐くかね。しょうがねえ奴だな。

まったく、あんたのせいで全部喋っちまったじゃねえか。

あんた良い記者だよ、ウィル。人に喋らせるのが上手《うめ》ぇよ。おかげでずいぶんスッキリしちまった。あんたの胃の中ほどじゃないがな！

だが上手すぎるのも考えもんだぜ？

さて、これだけ喋ったんだ。そろそろ教えてくれたっていいだろ？

あの子は——エリスは今、どこに居るんだ？

現場を見てすぐ、あいつがやったんだって俺は気づいたよ。あの子を自分のモノにするために、伯爵たちを殺っちまったんだってな。あいつが持ち逃げしたに決まってる。

だけど蓋を開けてみたら死んだってんだ！

じゃあ、あの子はどこへ行っちまったんだ？　役者が足りねえじゃねえか。

——まさか本当に、悪魔があの子を攫《さら》って行っちまったってのか？

なあ、誰なんだよ？　俺の可愛いあの子を横取りしたのはさ。答えろよ。まさか、このまま帰れるなんて思っちゃいねえよな？　あんたはもう、全部知っちまったんだから。

そのうえ俺はもうここには居られねえんだ。伯爵が死んだからってだけじゃねえ。あの事件は奴の仕業でケリがついたが、警察はもう、殺されたのがあのガキだけじゃねえと勘づいてる。俺のところへ来るのも時間の問題だ。その前に逃げちまうつもりだったんだ。

それなのに……。

あんたが悪いんだぜ？　あんたが俺にしつこく訊くから、あんたがあの子の名前なんか出すから、俺は……ははっ、こういうモンで、あんたを脅《おど》さなきゃならねえんだ。

さあ、答えろ。俺を連れて行け。

あの子はどこにいる？

◇　◇　◇

ウィル——もといウィリアム・エヴァンスは、背筋を緊張でひりつかせながら、ただ前だけを見て無言で歩いていた。

鼓動《こどう》の速さは一向に緩まない。肌寒い風の吹く中、掌《てのひら》は汗でじっとりと湿っている。

夕闇《ゆうやみ》に沈んでゆこうとしている郊外の街区は、人影も少なく閑静《かんせい》だ。点灯夫もまだやって来ないこの時間帯は、一日のうちで最も暗い。

向こうから歩いてくる人の顔もはっきりと見えない薄暮の中では、自分たちは、やけに仲の良い二人組に見えているのかもしれない。途中、すれ違った制服姿の警官に妙な視線を向けられた時には、あと少しで叫びそうになったが、おっかない「相方」が目を光らせているせいで助けを求める言葉は声にならなかった。

首の後ろに回された腕が、石のように重く感じられた。

「案内しろ。でなきゃ殺す」

先刻、目をどんよりと濁《にご》らせてそう告げた男と、自分は今、肩を組んで歩いている。

急展開の果てに心を通わせあったわけでは、勿論ない。上着に隠れてはいるが、男の右手に握られた鉄の塊はウィリアムの右脇腹に当てられている。引き金を引くと火を噴くアレだ。ちょっとでも逃げる素振りを見せようものなら、ズドン、というわけだった。

——どうして、こうなった……。

世間を賑わせている事件について取材するため、ウィリアムは殺人現場の第一発見者であり、アッシュフォード伯爵家の土地管理人でもあった男を訪ねた。

それは当然、記者の本分を果たすためではあったが、同時に、この事件がウィリアムの人生にとって激震をもたらしたものであったからだ。

——伯爵の悪事の片棒を担ぎ、今まさに自分を脅しているこの男ですら知らぬ事実。

あの夜の唯一の目撃者であり、存在しないはずの生存者——それがウィリアムだった。

きっかけは思い出すのも忌々《いまいま》しい。底抜けのバカだが家柄だけは良い腐れ縁の友人が、青い顔をして自分を頼ってきたのだ。曰《いわ》く、「伯爵の〈集会〉に招待され、最初は有頂天になったが、やっぱり怖くなったので代わりに行ってほしい」とか何とか。それなら断ればいいだろうと言い返したが、伯爵の心証は悪くしたくないらしく、「仮面で顔を隠すそうだから、うまく誤魔化《ごまか》してくれ」と勝手なことばかり言う。

そこで断っていれば今頃はこの事件のことも、単なるゴシップの一つくらいに思えていたはずだ。……いや、元々単なるゴシップとしか思っていなかったからこそ、ウィリアムは選択を誤ったのだ。

結果的に、正しかったのは友人の方だった。

あれほど恐ろしい体験はもう二度とない——少なくとも、あの時は心底そう思った。

揺らぐ蠟燭の火を受けて、毒々しい赤色に照り映える教会堂。麻薬のような薫香《くんこう》が漂う中、黒いローブを纏《まと》った仮面の男たちに囲まれて、一人の青年貴族が殺人者となる瞬間をウィリアムは目撃した。そして、彼が幼い少女の命を奪うのを止めもせず、嘲弄《ちょうろう》し、その果てに殺されたアッシュフォード伯爵その人を。

誰も自分に注目していなかったのを幸いに、ウィリアムは逃げた。

——あの晩、確かに悪魔はそこに居た。

天使の如《ごと》き至純の姿をして、数多《あまた》の生け贄を捧げられ、そして忽然《こつぜん》と姿を消した。

なぜ「彼女」は消えたのか——この男の問いの答えを、ウィリアムは持っている。

あの後、教会堂の外で腰を抜かしていたウィリアムの前に現れたのは——。

「……おい。本当に、こんなところに居るってのか？」

辿《たど》り着いた廃屋の門の前で、男はウィリアムの腹に銃口を押しつけて言った。

「嘘《うそ》をつく必要がありますか？　居ないと分かれば殺されるっていうのに」

「いやに冷静じゃねえか、ウィル。記者ってのは場馴《な》れしてるね。時間稼ぎかい？」

「馬鹿言わないでくれ。僕を信じてついて来たのはそっちだろう。僕だって心当たりがあるだけで自信はない。殺されるのを待ってるようなもんだ。本当に勘弁してほしい」

「ははっ……泣き言も肝《きも》が据わってやがる」

半開きになった鉄の門を男が蹴ると、錆《さ》びた門扉《もんぴ》は甲高《かんだか》い声を上げて内側に開いた。

もう長いこと手入れされていないらしく、足元では下草が伸び放題になっている。前庭を突っ切り、無人の家に向かって、脅迫者《きょうはく》と被害者は肩を組みながら歩いてゆく。

よもや、あれからひと月も経たぬうちに再びこんな目に遭《あ》おうとは……脇腹に死の感触をはっきりと感じつつ、ウィリアムはひどく情けない気分で廃屋に足を踏み入れた。

屋内には当たり前のように灯り一つない。

歩くと靴の下にザリザリとした感触があり、長いあいだ人が住んでいないことは確かだ。

男は少し怯《ひる》んだようだが、「なるほど、ここならあんたを殺ってもしばらくは見つかりそうにねえな」とウィリアムを脅すことも忘れなかった。

目が慣れてくると、右手に二階へ続く階段がぼんやりと見えてくる。

男にどん、と背中を押された。

背後に銃口の気配を感じながら、ウィリアムは一段一段、階段を上っていく。

——こんなことをして、何になるって言うんだ。

男の言ったことがすべて真実だとすれば、彼はこんな所でこんなことをしている場合ではないはずだ。ウィリアムのことなど放っておくか――考えたくはないが――さっさと殺すかして、すぐにでも行方をくらませたほうがいい。実際、ウィリアムが訪ねた時、男はとにかく早くあの場所を出ていきたいという雰囲気だった。

それが、「あの名前」を出した途端、急に様子が変わったのだ。

男の犯した罪も、今まさに命を握られていることも恐ろしかったが、それ以上に、彼をそれほどまでに執着させるものが恐ろしかった。

もし、もう「彼女」がここに居なければ、その時がウィリアムの人生の終わりだ。男は自分の罪を知る者を殺害し、彼女の影を追って、どこかへ逃れてゆくのだろう。

何もかもが異常な方向へと捻《ね》じ曲がってしまっている。この男も、自分も。

迫りくる運命の足音。有り体に言えば、それは――破滅だ。

ぎしぎしと音を立てる階段が、ウィリアムには死刑台のそれのように思えた。

やがて階段を上りきると、真っ暗な廊下が続いていた。何が潜んでいるのか分からない暗闇は、普段のウィリアムであれば恐ろしかっただろうが、幽霊よりも現実的な命の危険に晒《さら》されている今は何ほどのものでもない。むしろ、いたずら好きの幽霊が後ろの男から物騒なおもちゃを取り上げてくれることを祈ったくらいだ。

だが不幸にもそんなことは起こらず、廊下を抜けて突きあたりの扉の前に辿り着いた。

硬い銃口が背骨に当たる。ウィリアムはドアノブを握り、意を決して扉を開いた。

ふわ、と冷たい風が頬《ほお》を撫《な》ぜ、急に視界が明るくなる。

風に翻《ひるがえ》るカーテン。開け放たれた窓の外で、今しがた昇ったばかりの大きな月が、夜にぽっかりと穴を空けている。その禍々《まがまが》しい輝きに、目を奪われた。

そして、青ざめた月光を受けて幻《まぼろし》のように煌《きら》めく、部屋の中のもう一つの「月」に。

「――エリス」

背後で、男がうわ言のように呟《つぶや》いた。

窓から差し込む月明かりの帯の中に、彼女は居た。たなびくカーテンが床に投げかける綾模様は水面《みなも》のようで、硝子でできた箱は漂流する方舟《はこぶね》のようだった。

透き通った棺に身を横たえて、亜麻色の髪の乙女が眠っていた。

ちりり、と目の眩《くら》む感覚。ウィリアムは寒気がした。――あの夜と同じだ。

彼女は現実を褪色《たいしょく》させ、すべてを美しい幻想の世界へと引き取ってゆく。

背中から硬い感触が消え去った。男が銃を下ろしたのだ。

――また一人、獲物《えもの》が罠にかかった。

「あの子だ、間違いない……こんなところに居たんだ……ははは っ」

男はウィリアムを押しのけ、ふらふらと棺の方へ近づいてゆく。

その時、月明かりの外側で、闇の一部がざわりと蠢《うごめ》いた。

壁際の暗がりの中、二つの眼が鋭い光を放つ。夜が、一人の人間の形に切り取られる。

影から湧き出たように、長身の男は一歩、前へと進みでた。

「――カロン」

ウィリアムの声に気づいたのか、棺を覗き込もうとしていた男は、突然現れたかのような第三の人物に気づき、「うわっ」と声を上げて腰を抜かした。

それに構うでもなく、闇夜に溶け込むような黒い揃《そろ》いに身を固めた男――カロンは言う。

「……ウィリアム。私が言うことでもないが、君もなかなか命知らずだな」

驚愕《きょうがく》する男の手に握られた物をちらりと見た彼は、年齢の分からない不思議な顔立ちに、微《かす》かに呆《あき》れたような表情を浮かべていた。

「僕もこんなことは言いたくないが、あなたが居て、こんなに安心するだなんて思わなかったよ……」

「彼女が居て、だろう」

「それはそうだが……なんで分かるんだ？」

「彼女《エリス》に関する出来事なら、手に取るように分かるさ」

それが私《カロン》なのだから、と言いながら、彼は硝子の棺を挟んで、腰を抜かした男の前に立った。その姿にウィリアムは、自分が彼と出会った時のことを思い出す。

――ウィリアム・エヴァンスくん。君を見込んで一つ提案があるんだが。

死体だらけになった教会堂の裏手でへたりこむウィリアムを見下ろし、男は言ったのだ。

私の仕事を手伝ってほしい、と。

その後、棺を運ぶ黒ずくめの男たちと同じ箱馬車に乗せられたウィリアムは、自宅から少し離れた場所で降ろされた。別れ際、カロンは無言で口の前に人差し指を立てた。

結局、ウィリアムは事件について警察へ届け出ることなく、スコッチを浴びるほど飲んで寝てしまった。何もかも忘れてしまうのが一番だと思ったのだ。

諸悪の根源たる友人には、「面倒だったので結局行かなかった」と説明した。自分のせいでウィリアムが死んだと思い駆けつけてきた友人は、わんわん泣きながら謝ってきた。伯爵がこんな奴に招待状を渡したのは、彼が愚《おろ》か《バカ》で臆病であることを知っていたからに違いないとウィリアムは納得した。脅せばどうにかなる男だ。――ただ、さしもの伯爵も、彼が替え玉を用意するほど臆病に振り切っているとは思わなかっただろうが。

それからしばらく経ち、あの夜のことは本当にすべて夢だったのではないかと思えてきた頃のことだ。ウィリアム宛《あて》に、一通の手紙が届けられた。花と小舟を象《かたど》った珍しい意匠の封蠟で閉じられた封筒に差出人の名はなく、ただ住所だけが短く記されていた。

だが、それも調べてみると誰も住んでいない空き家であることが分かった。

手紙には一言、「伯爵家の土地管理人は『彼女』を見たと思うかい？」と書かれていた。

ウィリアムはぞっとした。まさに、その男のところへ取材に訪れる予定があったからだ。

そして同時に、これが男から課せられた最初の「手伝い」なのだと分かった。

だから今日、ウィリアムは試しに男に訊いてみたのだ。事件の現場で他に何か見なかったか。そして、「エリス」という名に聞き覚えはないか、と。

それがまさか、こんな劇的な効果をもたらすとは思いもせずに——。

「——そんなに彼女が気に入ったかい？」

温度のない青い瞳が、呆然《ぼうぜん》と座り込む男を射抜いている。

熱に浮かされたような表情をした男の鼻先に、カロンは何か輝くものを差し出した。

「君が望むなら、今度は君に彼女をあげてもいい」

それは、小さな金の鍵だった。

以前にもウィリアムは、それを見たことがある。あの悪夢が繰り広げられた晩、狂気に陥《おちい》った青年——セドリック・ソーンヒルが手にしていたのが、同じ鍵だった。

目の前の男はゴクリと生唾《なまつば》を飲み込む。そして、その輝きに魅入られたかのように、ピストルを持っていない方の手を震わせながら、鍵を掴み取ろうとした。

しかし、その時だ。

「そこに誰か居るのか!?」

階下から野太い声が響いた。明らかに警官のそれと分かる、厳格な口調だった。

ウィリアムは、ここへ来るまでの道のりを思い出す。あの時すれ違った警官が、異常に気づいて追ってきてくれたのかもしれなかった。

それを耳にした途端、ぼんやりと曇《くも》っていた男の瞳に、一気に光が戻った。

「おい！　そこで何をしている！」

警戒するような足音が、ぎしり、ぎしりと、ゆっくり階段を上ってくる。

カロンは表情を変えず、ちらりと戸口の方を見やった。それとは対照的に焦りを顕《あらわ》にした男は、逡巡《しゅんじゅん》するように棺の少女を見て、顔を歪める。

「さあ、どうする?」

試すように、カロンは流し目に男を見る。

差し出された楽園の鍵を前にした男は、苦悩の表情を浮かべた。

だが、すぐに銃を握りしめて立ち上がると、あっという間に窓の外へと身を躍《おど》らせる。

落ちた、と思った次の瞬間、耳を劈《つんざ》く発砲音が響き渡った――。

切迫した様子で、靴音は一転して階下へと引き返してゆく。

緊張の糸が一気に緩み、ウィリアムは深く息を吐きながらその場にしゃがみ込んだ。

「暴発したようだね」

窓の外に目を向け、カロンは涼しげな顔をして言う。

「信じられない……また殺されそうになるなんて……」

「君の悪運には驚くべきものがあるな。命が惜しいんじゃなかったのか？」

「惜しいさ！　取材に行っただけで殺されそうになるなんて、普通は思わないだろう⁉」

「——普通は、ね」

男の皮肉げな物言いに、ウィリアムは言葉を詰まらせた。

二人の視線は導かれるようにして、月明かりに浸された硝子の棺に投じられる。その中で、安らかな表情を浮かべ目を閉じている、美しい少女の面差《おもざ》しに。

「彼女の前には無意味な言葉だ」

凍《こご》えるほどに冷たいカロンの言葉に、ウィリアムは棺の中の少女を覗き込んだ。

思えば、間近で見るのはこれが初めてのことだ。

「……この子は一体、何なんだ？」

流れるような亜麻色の髪は、光を受けて金色にも見える。血管が透けて見えそうなほど白い頰に、影を落とす長い睫毛《まつげ》。素朴《そぼく》なドレスに身を包み、十字架の形をした銀の短剣を胸に抱く彼女は聖性さえ感じさせ、悪や罪という言葉とは最も遠いもののように思われた。

腐敗しない遺体、とカロンは言った。

ウィリアムはまじまじと少女を見つめる。生きていないのは分かっていたが、それでも死体と言われると信じられないような気持ちになる。

死斑《しはん》一つない白雪のような肌は、異国の御伽噺に登場する姫君のようだ。あの夜、黒服の男たちに運ばれてゆくのを目にした時から、彼女はまったく変わっていない。

「聖女の不朽体《ふきゅうたい》みたいに、ってことか？」

旧教の根強い南方の国では、腐敗しない聖人の遺体を聖遺物として安置する教会もあると聞いたことがあった。そうした遺体は、たとえ数百年前のものであっても、まるで息を引き取ったばかりのように見えるそうだ。

ウィリアムの問いに、カロンは「邪教の聖女だがね」と応《こた》えた。

「数多の者が彼女を愛し、身を滅ぼした。彼女は関わった者の運命に作用し、その輪転を加速させる……彼らの命が焼き切れてしまうまで」

黒い手袋を嵌《は》めた指先が、硝子越しに、彼女の持つ短剣をなぞる。その柄《つか》の部分には、白雪姫《スノウホワイト》の国の言葉が短く刻まれている。

——エリス　罪深き者よ、安らかに眠れ。

「エリス……厄災《やくさい》の女神、か。本当にこれが彼女の名前なのか？」

「さあ。それは私にも知りようがない。彼女が目を開けていたのは遥か昔のことだ。私だって君と同じ時代に生きる、生まれて死ぬだけの、ただの人間なのだからね」

「……ただの、人間？」

「……。悪魔か何かとでも思ったかい？」

驚きを隠さないウィリアムに、カロンは心外だと言うように冷たい視線を投げる。

しかし、「ただの人間」という言葉ほどこの男に似合わないものもない。

男の風貌《ふうぼう》は端整で、見ようによれば美男子と言えるのかもしれない。だが、あれほど衝撃的な出会いをしたにもかかわらず、今日再び彼を見るまで、ウィリアムは不自然なほどにカロンの顔を思い出すことができなかった。

辛《かろ》うじて印象に残っていたのは真っ黒な装いと、闇の中で異様に輝く青い眼だけだ。

千年もの時を生きてきたかのような男は、小さくため息をついた。

「私が彼女と出会った時には、既《すで》に彼女はエリスと呼ばれていた。それが本当の名かどうか確かめる術《すべ》はない。……だが、死してこの忌《い》まわしさだ。たとえば生前から同じような性質があったとすれば、彼女をそう呼びたくなるのも理解できる」

ウィリアムは悪夢が顕現《けんげん》したかのような、あの月夜のことを思い出す。

聖遺物の如く祭壇に掲げられた少女の周りで、ひとりでに狂ってゆく男たちを。

彼らの狂気に弄《もてあそ》ばれ、自らも悍《おぞ》ましい罪に手を染めた哀れな青年を。

そして今しがた落ちていった、あの男のことを。

——そこに居るだけで周りに災《わざわ》いをもたらす、魔性の存在。

不朽の聖女が、その聖性故《ゆえ》に神の祝福を受けて腐敗を免《まぬが》れるのであれば、彼女は——。

「魔女だった、ってことか……？」

少女の優しげな面差しを見つめながら呆然と呟くウィリアムに、「想像でしかない」と
カロンは酷薄《こくはく》に微笑んだ。

「裏を返せば、我々には想像することしか許されていないということだ。……だが、それほどまっすぐに彼女を魔女と呼ぶのも君くらいだろうな」

それはそうだろうとウィリアムも思う。

かく言う自分も、彼女を眺めていればそんな風にはとても思えない。彼女はあまりにも無垢《むく》で、清廉《せいれん》で、愛する以外の選択肢《し》を与えない。

「どうだい？　君が気に入るのなら、今度は君に彼女をあげたっていいんだよ？」

つい先ほど、あの男に放った台詞《せりふ》そのままに、カロンは何気ない様子でそう言った。

その目は試すようにウィリアムを見ていた。

この少女が手に入る。その誘惑はあまりにも魅力的で、誰にも触れさせたことのない心の奥底を、不意に指でなぞられたような気分になる。

それは間違いなく、この世で最も甘美な運命への誘いだった。

「不幸を招くと分かっているものを人に与えるのは、悪魔のやることじゃないのか?」

ぼそりと呟くウィリアムに、カロンはぞっとするような笑みを湛《たた》えた。

「人が悪魔の囁《ささや》きに耳を貸すのは、それを求める心があるからだ」

私は運ぶだけだよ、と彼は嘯《うそぶ》く。

「彼女を求める者がいるから、私は彼女を運ぶ。ただの人間にも、そのくらいのことはできるからね」

「——あなたがただの人間だと言うなら、悪魔はあなたに何を囁いたんだ?」

男は衝《つ》かれたように目を見開いた。一瞬覗いたその表情は意外なほどに無防備なもので、ウィリアムはその時確かに、この男が悪魔などではないということを悟った。

直後、失敗したというように男は顔を歪めた。そして、何も、と低く言う。

「ただ目の前に一冊の本を開かれただけだ」

「本？」

「続き物の第一巻だよ。時間を忘れるほどに読み耽《ふけ》ってしまう、この世で最も心惹《ひ》かれる物語だ。君なら、この本を途中で閉じることができるかい？」

「……煙《けむ》に巻くのはやめてくれ」

「君が訊いたんじゃないか」

男は再び薄い笑みを口の端に浮かべ、それで、と口調を戻して言った。

「君は彼女が欲しいかい？」

「——遠慮しておくよ」

カロンは軽く眉を上げる。ウィリアムは言った。

「彼女を見ていると、うっかり……死が、とても良いものだと勘違いしそうになる」

まるで高い塔の上から、泣きそうなくらい素晴らしい景色を眺めている時のように。

このまま身を投げれば、自分がその景色と一つに溶け合えるのではないかと思ってしまいそうになる。本当は、ただ墜落《ついらく》して醜《みにく》い肉塊になるだけだというのに——あたかも、その向こうに永遠が広がっているような気分になる。

それは、ウィリアムにとっては、とてつもなく恐ろしいことだった。

「僕は、命が惜しい」

それを聞いたカロンは、堪《こら》えきれないという様子でクックックッと忍び笑いを漏《も》らした。

ぎょっとしているウィリアムに向かって、「大した生存本能だよ」と彼は言う。

「私に彼女を譲り渡した男は、彼女の作用を『人の感情を増幅させる魔力』だと言った。その表現がどこまで真実に近いのかは分からないが、一面的には正しいのだろう。たとえば、そう——死への憧れは、どのような形であれ大概の人間が抱える感情だが、大概の人間が死への恐れによって容易に克服する感情でもある。ところが彼女の罠に囚《とら》われた人間はどうやら、憧れだけを増幅させ、反対に恐れを麻痺《まひ》させていくらしい」

「……最悪じゃないか」

「君ならそう言うだろうな。安心するといい。君の生への執着は犬並みだ」

「犬……？」

その時、窓の外から先ほどの警官らしい声と、小さな呻《うめ》き声が聞こえてきた。

「どうやら彼も、破滅《エリス》の手を逃れたようだね。——それが幸福なことかは分からないが」

カロンにつられるようにして窓の下を覗くと、男が警官に助け起こされている。警笛《けいてき》を鳴らすまでもなかったらしく、発砲音に気づいた近くの警官も駆けつけたようだ。

「一つ、訊いていいか？」

「記者殿は質問ばかりだ。何かな」

「あの警官がもし入ってきていたら、どうするつもりだったんだ？」

　別にどうも、とカロンはつまらなそうに答える。

「面倒事を避けるに越したことはないが、どのみち私に選びとれる運命など初めから用意されてはいない。この国の法に触れて裁かれるにせよ、あの男に殺されるにせよ、ね。……だがあえて仮定の話をするなら、その時は、彼女の新たな恋人が決まっていたかもしれないな」

　ウィリアムはひやりとした。そして心底、あの優秀な警官がここへ踏み込んでこなくてよかったと思いながら、窓の下を眺めた。

　男はぐったりとしているが何とか立ち上がり、観念したように連行されていく。もっとも、今の段階ではまだ連行というよりは保護なのだろうが、やがて彼の罪も明るみに出るだろう。何しろ、男の言葉を信じるのなら、あの小屋には動かぬ証拠があるのだ。

「あれも、破滅と呼ぶんじゃないのか？」

　エリスに執着さえしなければ、彼は今頃、さっさとどこかへ逃げおおせていたかもしれないというのに――。

「彼女のもたらす破滅は、女神の祝福と同義だ。彼に、それが与えられたと思うかい？」

　そう言って、女神の使者は冷たく笑った。

◇◇◇

殺風景な方形の部屋に、ため息のような掠《かす》れた歌声が響いていた。

暗闇に沈んだ独房。鉄格子《ごうし》の嵌《はま》った窓からは、か細い月光が差し込んでいる。

薄汚れた金属の器《うつわ》の中で、白い粥はすっかり冷めきっていた。

男の両手には包帯が巻かれ、左手については親指から中指までが失われている。傷口は膿《う》んで熱をもち、皿も匙《さじ》も満足に持てず、痛みのために眠りも浅かった。

窓から飛び降りた拍子に取り落としたピストルは暴発し、男の指を吹き飛ばしたのだ。

あの時、あの金の鍵を受け取ることをためらった指を——。

あつい豆粥《Pease porridge hot》、つめたい豆粥《Pease porridge cold》、鍋で九日ほったらかしの豆粥《Pease porridge in the pot nine days old》……

命以外のすべてを失った男の歌が、夜の闇に溶けていく。

冷たい粥をすすり、硬い寝床に横たわって、眠れぬ男は鉄格子を見上げた。

瞬《またた》く間に月は雲に隠れ、その明かりはもう、彼のもとへは届かなかった。

秘められたメルヘン

鐘《かね》が鳴った。辺りの木々から鳥たちが一斉に飛び立っていった。

広々とした庭の草木は秋の日差しを浴び、微睡《まどろ》むように輝いている。

穏やかな午後の風景の一角で、集《つど》う人々は一点の黒い染みとなっていた。彼らが持ち寄るのは悲しみであり、さざめきを形作るのは抑えたすすり泣きだった。

鐘が鳴った。――弔《とむら》いの鐘が。

地に穿《うが》たれた穴へと沈んでゆく黒い箱を、年端もいかぬ少年が不思議そうに眺めていた。

やや身の丈に合わない黒の正装は真新しく、予想しえなかった訃報《ふほう》のために、誰かが――きっと今、彼の手を引いている若い婦人が急いで誂《あつら》えたものなのだろう。彼女は青ざめた顔に隠しきれない疲労の色を浮かべ、それでも小さな手を優しく握って離さなかった。

一陣の風が吹いた。誰かの囁《ささや》きが聞こえてくる。

――罪深いこと……。

ざわざわと揺れる梢《こずえ》の音に耳を傾けながら、男は木陰《こかげ》に佇《たたず》んでいた。

弔問《ちようもん》に相応《ふさわ》しい黒の揃《そろ》いを身に着けながら、参列する人々の目につかないよう彼は遠くから葬儀の様子を見守っていた。翳《かげ》りの中、夜闇《よやみ》を映したような瞳だけが黒く輝く。

男を知る者は、もうそこには居ない。ただ一人、もう間もなく永遠に地上から消え去る人間を除いては。――そして同時に、その人間が自ら棺桶《かんおけ》へ飛び込むに至った経緯を知る者もまた、男を除いて他に居なかった。

葬儀を最後まで見届けることなく、男は踵《きびす》を返した。

また一つ、物語が終わったのだ。

夫であり父であった、一人の善良な男の身のうちに燻《くすぶ》っていた欲望を、あの弔問客たちが知る日は来ない。遺された気の毒な母子《おやこ》も永久に知ることはないだろう。いや、彼自身でさえ、普通ならば知ることなく一生を終えていたかもしれないのだ。

「彼女」と出逢《であ》いさえしなければ。――男が「彼女」を運んでいかなければ。

そんなことを幾度、繰り返してきただろうか。

途方もない快楽だった。男のためだけに設《しつら》えられた書棚の前に立つように。男のためだけに書かれた本を手に取り、物語が終わればまた次の物語へと手を伸ばすように。

男は、自分自身が真っ黒な棺《ひつぎ》のように思えた。棺の中の死者の姿を知るのは、棺だけだ。

男は倦《う》んでいた。

――こんなことを、あと何度、繰り返してゆくのだろう。

自分の存在しない物語を、ただ一人で読み続ける行為を。

男は墓地を後にした。

けれど幼い息子の手を握る母親の姿は、いつまでも男の頭から離れなかった。

ふと、糸が切れたように、男はすべてを手放し、逃げ出してしまいたくなった。長閑《のどか》な秋の陽《ひ》が人気《ひとけ》のない郊外の道をどこまでも照らしていた。こんな日を最後に地上から去った者のことを思うと、少しだけ羨ましいような気がした。

男は歩き続ける。そのうち夕刻になり、人々の賑わいに活気づく街路へと入った。ガス灯の炎に、家々や店の窓から漏《も》れる灯《あか》りに、男はいくつもの幻《まぼろし》を見た。それらはすべて忘れがたい、男の中だけに仕舞われた物語たちだった。そして、まだこの世界のどこかで男を待っている物語たちだった。

思わず足を止めたくなる衝動に抗《あらが》いながら、身を引きずるように街を抜けた。革靴の中で足はとっくに擦《す》り切れていた。星一つ見えない真の闇の中を、男はあてどもなく彷徨《さまよ》った。自分がどこを歩いているのかも分からない。だが、構わなかった。帰り道が分からなくなってしまえば、もう戻ることもできないのだから。

そうしているうちに空は次第に薄青くなり、白《しら》みはじめる。

朦朧《もうろう》とした意識の中、気がつけば男は薄靄《うすもや》に包まれた森の中へと迷い込んでいた。もはや人影などどこにもない。頭上で鳴きかわす不気味な鳥たちの声と、語りかけるような木々のざわめきだけが聞こえていた。そして、男はどこまでもひとりだった。

足は棒になってしまったように感覚がなく、何度ももつれそうになった。いつの間にか地面は湿気を含んで、歩みを進めるたびにじゅくじゅくと音がする。

——不意に森が開けた。一睡もしていない男の目を太陽の光が眩《くら》ませる。

直後、踏み出した足に、予想した感触は返ってこなかった。視界が回転し、ばしゃん、という水音とともに飛沫《しぶき》が顔を濡らす。饐《す》えた泥水の臭いがした。

緑の水草に覆《おお》われた沼地は、疲れきった男には他の地面と区別がつかなかった。気がついた時には、水底に溜まった泥に足を取られていた。水面は男の腰より高い位置にあり、こうしているうちにも靴はずぶずぶと埋もれてゆく。脚《あし》にはまるで力が入らない。加えて、ひどく眠たかった。

その瞬間、男はもう、それでいいと思った。

胸元に手をやり、服の下に忍ばせた物を握りしめる。小さな硬い感触があった。捨てられなかったそれを胸に抱きながら、彼は水と泥濘《でいねい》の中に沈んでいこうとした。

しかし——その時、誰かが男の腕を掴《つか》み、強く引き上げる。

見上げた男の目に映ったのは、一人の青年の姿だった。

暗い色の髪。澄んだ湖の底のような青色の瞳が、驚いたように見開かれていた。

彼の顔を見て、男は思ってしまったのだ。

——この美しい人の、滅びの物語を見てみたいと。

森の中で妙な拾いものをしたので、仕方がないから持って帰ることにした。

◇　◇　◇
「ああ……目が覚めたね」

ローデリヒが手元の本から顔を上げると、寝台で眠っていた男はいつの間にか瞼《まぶた》を開けていた。吸い込まれそうな闇色の瞳がローデリヒを見ていた。

窓の外では西日が木々の輪郭《りんかく》を黄金に染めている。部屋の調度は重たい飴《あめ》色に輝き、暗がりが隅々《すみずみ》に現れはじめて、琥珀《こはく》の中に居るように静かだった。

「おはよう。気分はどうだい？」

男は何も答えない。それもそうか、とローデリヒは自分の浅慮に苦笑する。

原因が何であれ、つい先程まで死にかけていた人間の気分が良かろうはずもない。

「運のいい人だ。あの沼は見た目ほど浅くないし、足を取られれば一人ではまず抜け出せない。君が私の散歩道で遭難していてくれてよかったよ、本当に」

「……。……あんな森で、散歩を？」

「まったく同じ質問をしてあげようか？」

苦虫を嚙《か》み潰《つぶ》したような顔で、男は口を閉ざした。その反応に小さく微笑《ほほえ》みだけを返して、先ほど男が見せた表情には知らないふりをする。

「言いたくないなら訊《き》きはしない。だが君は衰弱している。せめて私の目の届くところにいるあいだは、回復に努めてくれると嬉《うれ》しいね」

無言でローデリヒを見る男の視線は、不可解な現象を見極めようとでもするかのように注意深かった。逆光の中で底光りする瞳に、ローデリヒは少しだけぞくりとした。

眠りから覚める前は、やや浅黒い肌と彫りの深い顔立ち以外、さしたる印象もない男だった。しかし彼が目を開けた瞬間、その強い眼差《まなざ》しこそが彼の姿なのだと分かった。

年齢の読めない男。彼の纏《まと》う雰囲気には、どこか現実味が感じられない。まるで森から生まれた千古の精霊の化身のような……そう思いかけて、否定する。

同じ人間でなければ、目を覚ましてしまった時にあんな表情をするはずがない。

──あんな、深い絶望を宿した表情を。

「あなたが、ここの、主人……？」

掠《かす》れてはいたが、男の声は不思議とよく響いた。ローデリヒは「ああ」と頷《うなず》く。

「小さな館だが、一応ね」

「……迷惑はかけない。すぐ、出ていく」

「迷惑？　そんなふうには思わないさ。君を拾ってきたのは私なんだから。出ていきたければ好きにするといいが、知らないあいだに森で死体になられても寝覚めが悪い」

何か軽いものでも作らせよう、とローデリヒが椅子《いす》から立ち上がると、男はふいと目を逸《そ》らし、誰にともなく呟《つぶや》いた。

「……もう、疲れた」

ローデリヒは聞かなかったふりをして踵を返す。――もしも自分がこの男だったら、ローデリヒだって恨み言の一つも言いたくなっただろう。

だが、それはこちらも同じことだった。

「ゆっくり休むといい」

そう言い置いて、ローデリヒは客室を後にした。

廊下は一段と薄暗く、突きあたりの窓から入る光だけが廊下の木目を浮かび上がらせていた。森の中にあるこの館は、外の世界よりも少しだけ昼が短い。

口さがない友人が訪ねてきて、御伽噺《おとぎばなし》の魔女の館のようだ、と言ったこともあったが、ローデリヒ自身はその表現を気に入っていた。一緒にいた妻は困った顔をしていたが。

元は祖父のものであったこの館には、古い時代の記憶が亡霊のように棲《す》みついている。

長い時を存在し続けてきたものには、目には見えないが消し去ることもできない「時間の跡」のようなものがある。だからこそ、百年を生きる樹木に覆われた森の中には魔法の物語が息づくのだろう……先ほどまで読んでいた本が思い返された。

あの男の瞳にもまた、そんな時間の堆積《たいせき》があるように見えた。

ふらふらと森を歩いていたローデリヒの前で、あの男が沼へ沈んでいこうとしていたこともまた、森の魔法が仕掛けた奇妙な偶然だろうか。

厨房《ちゆうぼう》の前に差しかかったので中を覗《のぞ》くと、年嵩《としかさ》の女中が芋《いも》の皮を剝《む》いていた。

「今、彼が起きたよ。何か作ってやってくれないか」

すると彼女は顔を曇《くも》らせ、よろしいんですか、と訊いてくる。

「旦那《だんな》さまのご親切はよく存じておりますが、あんな素性《すじよう》の知れない人を……」

「行き倒れを放ってはおけないだろう？　君も重々承知だろうが、この辺りには他に家なんかないんだ」

「そうですけれど……」

何もこんな時に……と、女中は息を吐くように呟いた。それでも皮剝きを中断して前掛けで手を拭く彼女に、「頼んだよ」と声を掛けて厨房を出た。

綺麗《きれい》に磨かれた廊下に自分の靴音が響く。寒々しい静寂の中でも、耳をすますと誰かがどこかで忙しく働いているのが分かる。

それなのにローデリヒは、自分が世界にひとりきりのような気がした。

そして、自分と同じく世界から取り残されたような顔で、一人沈んでいこうとしていた男のことを思った。

残された男は、主人が先ほどまで居た場所に目をやった。

マホガニーの椅子の上に重厚な革装の本が置き去りにされている。金字で刻まれた題名を見れば、それは今世紀の初め頃に初版の出た童話集《メルヘン》で、そんなものを二十代後半と思《おぼ》しきあの青年が読んでいるのは意外な気がした。

上体を少しだけ起こして本に手を伸ばす。しかし力の入らない指先は背表紙を摑み損ね、分厚い本は床の上に滑り落ちた。男は浅くため息をつき、寝台の外に乗りだす。

幸い紙が折れたりはしていないようだ。落ちたはずみに表紙が開いており、仔鹿《こじか》に寄りかかる少女を描いた口絵が見えた。物語の題は、『兄と妹』――。

男は本を拾い上げると、文字を追うでもなく手慰《てなぐさ》みに頁《ページ》をめくりはじめた。

載っているのは男もよく知る物語の数々だ。ばらばらと無造作に頁をめくり続ける男の手は、しかし、ある箇所でぴたりと止まった。

五十三、と通し番号の振られた物語。

魔女に命を奪われ、暗い森の中、七人のドワーフに護られながら硝子《ガラス》の棺に眠る姫君。

「白雪姫《シュネーヴィッツェン》……」

急激に体温が下がってゆくような気がした。

ばたん、と本を閉じて椅子の上に置くと、力尽きたように再び寝台へ横になる。よく乾いた温かい羽布団だった。水に濡れた服もいつの間にか着替えさせられている。

男はハッと青ざめて服の胸元を探ったが、そこに相変わらず金属の硬い感触があることを確かめると、思わず安堵《あんど》の息を吐く。そして、そんな己の滑稽《こっけい》さを嘲笑《あざわら》った。

すぐ出ていくと言ったものの、男の身体《からだ》は想像以上に疲弊していた。長い距離を歩いてきたために足は腫《は》れ上がり、節々がひどく痛む。胃の中は全くの空っぽで、もはや何かを腹に入れたいという衝動さえも失っていた。

視線だけを動かすと、枕元に硝子の水差しがあるのが見えた。喉《のど》の渇きが癒《い》えているのは意識を失っているあいだに誰かに水を飲まされたからだろう。……あの主人だろうか。

見たところ由緒のありそうな館だ。こんなところに住んでいるなら、使用人も決して少なくはないだろう。何も、主人自ら行き倒れの世話などせずともよいはずだ。

付き添うように寝台の傍《かたわ》らで本を読んでいた若い主人を思いだす。手元の本に目を落とす青年の表情はやや憂《うれ》いを帯び、端整な輪郭に黄昏《たそがれ》の光が陰影をつけていた。そして、ふと顔を上げて男を見た瞳は、悲しいほどに青かった。

それを見ていると、男はひどい渇きに襲われた。どれほど冷たい水を含んでも決して癒やすことのできない渇きだった。

目を閉じれば、瞼の裏には残像のように一人の少女の面影が現れる。

雪のように白い肌。硝子の棺に横たわる、美しい乙女の姿。

本の挿絵《さしえ》などではない。それは間違いなく男自身の記憶の中の光景だった。

どこまで逃げても、それは呪いのように男から離れてはくれない。逃げれば逃げるほど、男の渇望は強まってゆく。「彼女」の与える禁断の果実の味が忘れられず、そこから滴《したた》る甘い蜜《みつ》で喉を潤したいと欲してしまう……それは毒のように、男の心を蝕《むしば》んでゆく。

男には彼女を愛することができなかった。同時に、彼女の魔力は彼女を憎むことすら男に許さなかった。ただ果実を手に入れるために、男は彼女に仕えた。

だから男は逃げ出すしかなかったのだ。だが――。

「偶然……なのか？」

口にした問いに、答えを出すことが恐ろしかった。

朝の光を瞼に感じて目を開けると、身体が随分《ずいぶん》と軽くなっているのを感じた。

男は寝台から身を起こす。掛け時計に目をやると、もう昼前だった。

部屋の中央にある二人がけの円卓に、茶器と、銀の覆いを被せた食事が置かれている。眠っているあいだに女中が運んできてくれたのだろう。昨晩の温かなスープの味を思い出して、男は急に空腹を感じた。

今更ながら自分が生きていることが不思議でならなかった。それどころか、自分が生きた人間であるのを実感したこと自体、驚くほど久方ぶりのことに思われた。

口当たりのよいものを中心にした食事を平らげ、ハーブの香り良い茶に口をつける。招かれざる客であるに違いない自分に、この館の配慮は気が引けるくらい細やかだった。手慣れているとすら言えるほどに。

用意されていた清潔な衣類に着替え終わった頃、計ったように部屋の扉を叩く音がした。入ってきたのは館の主人だった。――加えて、今日はもう一人いる。

「身体の調子はどうだい？」

にこやかに笑う主人は、小さな手を引いていた。よちよちと歩む幼子《おさなご》はまだ三つにもならないように見える。

子供がいたのか、と内心では意外に思いつつ、男は「おかげ様で」と会釈する。

「何とお礼を言えばいいか」

「頼まれて助けたわけじゃないんだ。礼には及ばないよ。──そういえば、まだ名前を聞いていなかったね。私はローデリヒ・プフェルトナー。君は？」

訊かれて、男は少しだけ迷ったが、一言「カロン」と答えた。

主人──ローデリヒはきょとんとした様子で目を瞬《またた》き、そして興味深げに笑った。

「良い名前だ。一応訊くが、偽名かい？」

「……今となっては本名と変わりありません。元の名前は忘れてしまいましたので」

「ふむ。薄々分かってはいたが、君、だいぶ変わってるな」

変わっていると言うなら、こんな怪しい行き倒れを嫌な顔ひとつせずもてなす人間のほうがよほど変わっているのではあるまいか、と男──カロンは思ったが、助けられた手前、何も言わなかった。もっとも主人の言うとおり、頼んだわけではないのだが。

おもむろにローデリヒは子供を抱き上げた。

「息子のユリウスだ。二歳になる」

父親よりも明るい栗色《ブルネット》の髪には天使の輪ができている。碧色《みどり》の瞳をもつ幼子は、カロンを見ると不安げに表情を揺らし、父の胸にしがみつく。

「おとなしくて手のかからない子だよ。少しばかり人見知りだけれどね」

慣れた様子で身体を揺らし、落ち着かせるようにその背を軽く叩いてやる主人の姿が、男の目には新鮮に映った。線の細い立ち姿も、しなやかな指先も、子供を抱くためのものからは遠く離れているように見えるからだろうか。

いや、それより、もっと根本的な違和感だ。

男の表情に気がついたのか、ローデリヒは言う。

「――この子の母親は、ひと月ほど前に神の国へ行ってしまった」

押し黙るカロンを見て淡い笑みを浮かべ、母を失った我が子に優しげな眼差しを向ける。

あまり穏やかに笑うので、言葉の深刻さだけが宙に浮いたように行き場を失っていた。

「喘息《ぜんそく》持ちで、昔から身体が弱くてね……ここに住みはじめたのも、街から離れた空気のいい場所だったからだ。しばらくは元気そうにしていたんだが、この子を産んでからは体調を崩しがちになってね。夏の初めに悪い風邪をひいたのが元だった」

呆気《あっけ》なかったよ、と言う主人の声は淡々としていた。

男への配慮が行き届いていたのは、この館に長く病人がいたからなのだろう。

「悪い時にお邪魔してしまったようですね」

カロンが言うと、彼は少しだけ声を出して笑った。

「私の不幸と君の不幸には何の関係もない。君が気にすることではないよ」

真実、ローデリヒはそう思っているようだった。

二人は椅子に腰掛けて向き合った。膝《ひざ》の上にユリウスをのせてあやすローデリヒを見て、やっとカロンは、主人がなぜ童話集など読んでいたのかが分かった。

初秋の柔らかな光が部屋を満たしていた。

「……妻とは許嫁《いいなずけ》同士でね。と言っても、初めて会ったのは彼女が十七、私が二十一の時だ。いつも青白い顔をしている娘で、腰を絞ったドレスが痛々しく見えるほど華奢《きゃしゃ》だった。この子と同じ綺麗な碧色の目をして……彼女は私に恋をしてくれた。そして私は、彼女を守ってやりたいと思ったんだよ。彼女のためなら何だってしてあげたかった」

遠くを見るような主人の表情が、カロンには贖罪《しょくざい》の修道士のように映った。善良そのもののようなこの青年に、なぜそのような印象を抱いたのかは分からなかったが。

「結婚したのは、その二年後のことだ。結局、彼女と一緒に居られたのは四年だけだった。幸せな四年だった……でも、私はもっとたくさんの幸せを彼女に贈りたかった」

「……お優しいのですね」

違うよ、とローデリヒはいくらか強い声で言った。

「自分勝手な人間なんだ。ただ自分が傷つきたくないだけ……自分の目の前で起こる辛い出来事に耐えられないだけだ」

「それを多くの人は、優しい、と言うのではありませんか」

主人は諦《あきら》めたように微笑み、無言で目を伏せた。小さなユリウスは時々居心地が悪そうに手足をぱたぱたと動かしながらも、客間が珍しいのか部屋の中を見回している。長じた後、きっと彼は自分に母親が居たことをほとんど覚えていないだろう。

カロンの脳裏に、昨日の葬儀で見た幼い少年の姿がよぎった。

ローデリヒが口を開いた。

「君は考えたことがないかい？　大切な人が死んでしまうくらいなら、それより先に自分が死んでしまいたい、って」

「……理解はできます」

「そう。私はね、いつだってそう思っているよ」

膝の上の我が子を愛《いと》おしそうに撫《な》でながら、主人は言う。

「君を拾った時だってそうだ。……参ったよ。まさか、あの森にもう一人死にかけの人間が居るとは思わないだろう。うっかり助けて、こちらまで死に損なってしまった」

カロンは静かに目を見開いた。

耳に心地よい声が語るのは、秋空のように透きとおった希死念慮《きしねんりょ》だった。

ユリウスを眺める主人の表情に変化はなく、何も聞かなければ、それは息子へ惜しみない愛情を注ぐ父親の顔でしかない。

これでは誰も気がつかないだろう。まさか彼が、母を失った子供から父親までも奪うという、非情な罪を犯そうとしていたとは。

「だから言っただろう？　自分勝手だと」

困ったような笑顔は、もう、この世のものではないように見えた。

――事実、ローデリヒが自殺を図ったのは、それから五日後のことだった。

ゆっくりしていけばいい、という主人の言葉に甘えるつもりはなかったが、気がつけばずるずると館の世話になってしまっていた。

静けさに満ちた館は、男にとって心地のよいものだった。ユリウスの声が聞こえてくる時でさえ、深閑《しんかん》とした空気が損なわれることはない。それはもしかすると、館に浸透している主人の気配なのかもしれなかった。

だが当然、いつまでもここに居るわけにはいかない。自分が消えることが、この館の者たちにとって最良のことであるのは確かなのだ。

明日にでも発とうと、綺麗に洗い乾かされた自分の服をぼんやりと見ていた時だ。

切羽詰まったノックが部屋に響き、いつもの女中が青い顔をして入ってきた。

「旦那さまが、お倒れに――」

館のあちらこちらから慌《あわ》ただしい足音がしていた。

聞けば、書斎の扉を叩いた使用人が、中にいるはずの主人から返事がないことを訝《いぶか》りながら足を踏み入れた時、ローデリヒはすでに虫の息だったという。

慢性的な不眠症を患《わずら》っていた彼は、多量に飲めば毒にもなる薬を処方されていた。そして、それを正しく毒として使用したのだ。

医者はカンカンに怒り、愚《おろ》かな患者の脈が安定したのを見届けると、「もう絶対に薬なんぞ出してやらん」と喚《わめ》き散らしながら帰っていった。

館がひとまずの落ち着きを取り戻す頃には、夜はすっかり明けきっていた。

カロンが主寝室の戸を叩くと、一睡もしていない様子の若い使用人が顔を出した。

「よろしければ代わりましょうか」

「ですが……」

「こちらには大変お世話になりました。せめて発つ前に、ご主人に一言ご挨拶《あいさつ》をさせていただきたいのです。……目を覚まされるまで、お傍《そば》に居させてはいただけませんか」

カロンがそう言うと、まだ少年の面影を残した使用人はくしゃりと顔をゆがめ、泣きだしそうな表情になった。充血した目は寝ていないせいばかりではないだろう。

「……すみません。僕……旦那さまが、あんまりおかわいそうで……」

「あなたも休まれたほうがいい。ここは見ておきますから、私に任せておくのが不安なら、誰か代わりの人を呼んでおいでなさい」

「はい……はい、ありがとうございます」

疲弊しきった表情で、彼はよろよろと部屋を出て行く。

主人の親切で泊めていた人間とはいえ、素性の知れない相手を主家の私的な空間に入れるようなことは、いかにお人好しな使用人でも普段ならばしなかっただろう。弱り目につけこんでいるようで気が咎《とが》めつつも、カロンはローデリヒの寝室へ足を踏み入れた。

客室のちょうど二倍ほどある主人の私室は、レースのカーテンが下りているためにやや暗く、どこか病的な印象を与えた。ローデリヒ自身も話していたとおり、家具や調度は古い時代の佇まいだ。その部屋の最奥に広い寝台が置かれ、一人分の膨らみができていた。

青白い顔をした青年は目を閉じ、規則的な呼吸をしていた。

先ほどまで使用人が腰掛けていたらしい椅子に座り、カロンはローデリヒを見つめる。

起きて話している時には気がつかなかったが、こうして眠っていると瞼の下には深い隈《くま》が刻まれ、頬《ほお》は瘦《こ》けて骨張っている。もはや彼にとっては、目覚めて呼吸をしているだけのことすら、気を張っていなければできない行為なのだろう。

――この人が生き続けるのは、この人のためになるのだろうか。

その時、閉じられていた瞼が微《かす》かに震えた。音もなく開かれた目は、一拍置いて、男のほうを見る。水底のような瞳に深い絶望を宿して。

「――私は、また、死に損なったらしいね」

嗄《か》れた声でそう言って、主人は咳《せ》き込む。枕元の水差しを取って口元に運んでやると、軽く眉根を寄せて目を閉じ、唇を湿らすように一口だけ飲んだ。

「……すまない」

何に対してなのか判然としない謝罪をぽつりとこぼして、主人は虚《うつ》ろな目で天井を見た。

「人を呼んできます」

立ち上がりかけたカロンの袖《そで》を、蠟《ろう》のような指先が弱々しく引き留める。

「まだ、いい……」

「ですが」

「……もう少しだけ、眠っていることに、してほしい」

そうしたら、また生きはじめることができるから、と。

か細い声で途切れ途切れに言うローデリヒに、カロンは頷くことしかできなかった。もとどおり腰掛けると、彼は安心したように深く息を吐いた。

沈黙が落ちる。窓の外からチチチ……、と微かに鳥の声が聞こえている。

「君は、何も、言わないでいてくれるのだね」

ローデリヒは視線を天井から動かさないまま、言った。

「語るべき言葉を持ちませんので」

「色々あるだろう……息子がかわいそうとか、自殺は罪だとか……」

「ですが、それらは、あなたが死を選ぶことを止められなかったのでしょう？」

青い目がゆっくりと動き、カロンのほうを見て止まる。

「ひどい人間だと、思うかい……？」

「いいえ」

ローデリヒは小さく笑って、「私は思う」と言った。泡沫《うたかた》を吐くような声だった。

死んでしまう、と思った。この美しい、優しい男は、死を選ぶ自分を責めながら、それでも生きてはいられないのだ。このままでは、きっと彼はまた同じことをする。

——ああ……惜しい。

この人を、もっと見ていたい。

再び眠りの泥濘の中へと落ちてゆく主人を眺めながら、彼が二度と目を開けなくなる未来を幻視した時、カロンの胸中に想像もしなかったような絶望と恍惚《こうこつ》が湧き上がった。

『大切な人が死んでしまうくらいなら、それより先に自分が死んでしまいたい』

喪失に耐えきれない彼の心にとっては、自らを殺すことこそが最良の解決策だ。人は生きている限り、何を得ようと、いずれは失ってゆくものだから。……ならば。

――ならば、決して失われないものがあれば？

闇の中から誰かが自分を見ている。異様に輝く二つの眼が。地獄の渡し守《カロン》の瞳が。

棺の担《にな》い手よ、務めを果たせ、と。

ひどく喉が渇いた。追いつかれた、と思った。

「……私は今日、ここを去ります」

主人は応《こた》えない。眠ってしまったのだろう。カロンは囁く。

「あなたには世話になった。ですが……あなたは私を助けるべきではなかった。呪われた命を捨て損なった私が、あなたにお礼としてお贈りできるものがあるとすれば、それは呪われたものだけです。――ですが、あなたが望むなら、『彼女』は二度と失われることなく、最期まで傍にいて、間違いなくあなたを殺してくれることでしょう」

それは、同じ結末に至る道のりを付け替える行為にすぎない。……いや、それよりもずっと質《たち》が悪かった。彼の運命はまだ彼の手の中にある。深い傷が少しずつ癒えていけば、彼の中の死への憧れが薄らぐこともあるだろう。

自分がしようとしていることは、その可能性を根こそぎ奪うことだ。

束の間、彼の幼い息子のことを思った。そして、その成長を見守りながら、ゆるやかに歳《とし》を取り、幸せな生涯を閉じてゆく主人の姿を。

——けれど、ローデリヒ自身がその時を待てるとは限らないではないか。

カロンには自分が、この男に生きてほしいのか死んでほしいのか分からなかった。

ただ、もう少しだけ、彼の物語を見ていたかった。放っておけばすぐにでも自分の舞台から飛び降りてしまいそうな彼を、繋《つな》ぎとめておけるものが必要だった。

「……それは、とても素敵だね」

ローデリヒの乾いた唇が、うわ言のように呟いた。

その時、にわかに部屋の外が騒がしくなった。誰かが廊下を駆けてくる音がする。

直後、寝室の扉がノックもなしに開いた。

「お兄さま……！」

張り裂けそうな細い声がして、現れたのは一人の少女——いや、淑女だった。

「マレーナ……」

ローデリヒが驚いたような声を出す。

カロンはそっと椅子から立ち上がると、兄妹《きょうだい》らしい二人の邪魔にならないよう寝台から離れ、部屋を後にしようとした。

入れ違いに寝台へ駆け寄ってゆく彼女――マレーナはくすんだ白のドレスを纏い、薄暗い部屋の中で自然と目を惹《ひ》いた。結い上げた髪は兄とは対照的に淡い色をしていたが、顔立ちはローデリヒによく似ていると思った。見たところ二十《はたち》を過ぎているようだが、兄とはまた別種の儚《はかな》げな雰囲気があり、そのために十代の少女のように錯覚したのだ。

「お兄さま……どうして……」

兄《ローデリヒ》の枕元にくずおれて、美しい妹《マレーナ》はさめざめと泣いていた。寝台から伸ばされた手は微かに震えながらも、彼女の頭を撫で、白い頰を優しく包む。

カロンは目を逸らし、背後に兄妹を残して部屋を去った。


次にローデリヒが目を覚ました時、男は姿を消していた。

使用人たちに聞いたところによれば、ローデリヒが自殺を図った翌日、駆けつけてきたマレーナと入れ違うようにして出て行ってしまったそうだ。

気を遣わせてしまったな……と呟くと、ちょうどユリウスの遊び相手をしていた妹は呆《あ》れたように「この頓珍漢《とんちんかん》」と言った。

「ご自分が馬鹿《ばか》な真似をなさるからいけないのですわ。ねえ、ユリウス？　あなたのお父さまにも困ったものね。こんな兄がいたのでは、叔母さんは安心してお嫁にも行けやしません」

「……その子に言っても仕方ないだろう」

「お黙りになって」

ぴしゃりと言われてしまい、ローデリヒは大人しく口を閉じる。

周りに散々心配をかけていることは分かっていた。落ち着きを取り戻した今となっては、妹の言うとおり、馬鹿なことをしたものだと思う。

だが、それでも、また同じことをしないとは言いきれなかった。

あの衝動が再び発作のように強く襲いかかってくれば、抗える自信はない。

いかに愚かで、無責任で、周囲の迷惑を考えない行為であるか頭では分かっていても、どうやら「その時」になってしまえばすべて関係なくなってしまうらしい。

――二度と失われることなく……最期まで傍に……。

あの時、カロンと何かを喋《しやべ》った気がするが、朦朧《もうろう》としていて断片的なことしか覚えていない。けれど、なんだかとても甘い夢を見たような気がした。

ローデリヒには予感があった。

きっと、彼はもう一度この館に戻ってくるだろう。

――早くおいで、カロン。私が生きているうちに。

机に頬杖をつきながら、ローデリヒは妹と息子を眺めていた。

「マレーナ。私はもう大丈夫だから、そろそろ家へお帰り。お母さまも心配するだろう」

「心配させているのはお兄さまのほうでしょう？　大丈夫だなんて信じられて？」

「……そういう意味ではないよ」

マレーナがローデリヒを見る。「では、どういう意味だと仰《おつしや》るの？」

その澄んだ空色の瞳にまっすぐ見つめられると、ローデリヒはいつも、自分が罪深い虜《りょ》囚《しゅう》になってしまったような気分になる。

「嫁入り前の娘が、妻を失った男の傍にいるのは不吉なことだ」

「……迷信深いこと。いかにもお母さまの言いそうなことですわね」

お兄さまらしくもない、と言って、美しい妹は少し不機嫌そうにふいと目を伏せた。

そして、また優しい笑顔に戻って息子の相手をしはじめる。

まるで本物の母子のような二人の姿から目を逸らし、ローデリヒは窓の外を見た。

延々と広がる森に、閉じ込められているようだった。

緑の森は秋が深まるにつれて色を変え、やがて茶色く枯れ落ちていった。

空はぼんやりと白く曇っている。森の中に佇む館も、どこか陰鬱《いんうつ》な色味を帯びていた。音のない風景だった。

それは冷たい風の吹く夕暮れのことだ。

一人の男が森の館を訪れた。

小さな幌《ほろ》馬車から降り立った男は、鴉《からす》のように黒い上着を風にはためかせ、落ち葉を踏みしめながら館に向かって歩いてくる。気づいた使用人が男の傍までやって来た時、彼は、男が見知らぬ者でないことに気がついた。――その秋の初め、森で行き倒れているところを主人が見つけ、数日のあいだ面倒をみていたのが、その男だった。

「待降節《アドベント》も来ないうちに、気の早い贈り物だね」

迎えに下りてきた主人は、男を見ると、まるで初めから来ることが分かっていたかのように微笑んだ。

「気に入っていただけるとよいのですが」

眼窩《がんか》の奥で、男の瞳は黒耀石《こくようせき》のように深みを帯びた輝きを放っていた。

男が幌馬車で運んできたのは、主人への礼だという話だった。

黒い布で包まれ、その上から幾本もの紐《ひも》で縛られた大きな箱を、使用人たちは奇妙に思いながらも、長いあいだ使われていなかった地下室へと運んだ。ある種の連想を掻《か》き立てる大きさと形状に、一体この中には何が入っているのかという不気味な思いをできるだけ振り払いながら。そして、しばらく二人にしてほしいという主人の言葉を受け、使用人たちは主人と男を残して出て行った。

地下室の扉が音を立てて閉まった。

肌寒い部屋の、うっすらとした暗がりと静寂の中に二人は佇んでいた。明かり取りの高窓から、鉄格子《てつごうし》越しに鈍《にぶ》い光が入ってくるだけの灰色の空間。

カロンは無言で身をかがめると、布を縛っていた紐を一箇所ずつ解いてゆく。

「御伽噺みたいだな」

ローデリヒの声が、石の壁に響いた。

「そうは思わないかい？　命を助けた男が恩返しに来るなんて」

「……私が運んできたのは黄金などではありませんよ」

最後の紐を解き終えたカロンは、顔を上げずに言った。

そして、菓子の包みを開くように黒い布を払いのける。

「そうらしいね」

主人の青い虹彩《こうさい》に映しだされたものは、仄暗《ほのぐら》さの中で凜然《りんぜん》と輝いていた。

硝子でできた透明の箱。金色の細工で縁取られた宝石箱のようなそれは、確かに御伽噺から抜け出てきたかのような姿をしていた。

その硝子の向こうに、「彼女」はいた。

生成《きな》りの生地で仕立てられたドレスに身を包む、年頃の娘。

彼女は十字架を模した銀の短剣を胸に抱き、瞑目《めいもく》していた。金に近い亜麻《あま》色の髪は結われずに流され、はっとするほど白い肌によく映えている。

彼女を見たローデリヒは一瞬、ひどく懐かしげな、不思議な表情を浮かべた。

棺の傍らに跪《ひざまず》き、優しげな手つきで硝子越しに彼女の輪郭をなぞると、凪《な》いだ声で言う。

「可愛《かわい》い子だね。少しだけ……出会った頃の妻に似ている。この子は――」

もう生きてはいないのだね、と。

痛むように、ローデリヒは目を細めた。彼の視線の先にいる少女は、やや幼さの残る顔に薄化粧を施《ほどこ》し、夢みるように安らかな表情で死んでいた。

似ている、と彼が言ったのは、若くしてこの世を去った病弱な奥方が、冷たい亡骸《なきがら》の少女の面差《おもざ》しと重なったためだろうか。

カロンは館にいた短いあいだに、一度だけ、彼の亡き妻の写真を見たことがあった。

真っ直ぐで艶《つや》やかな髪をシニヨンに結い、凛とした細面《ほそおもて》に儚げな微笑みを浮かべる女性は、目元の辺りが幼い息子に似ていた。美しい人だったが、棺の少女とはそれほど共通点があるようには思えない。似ているのは、彼の妻よりも、むしろ――。

「……驚かれないのですね」

「驚いているよ、これでも……この子が、君から私への贈り物だと言うのだね？」

頷いて、カロンは少女を見下ろす。

――結局、逃げきれなかった。もう二度と彼女のもとへは戻るまいと思っていたのに。

あの日、館を出てから、カロンの足は引き寄せられるように元いた場所へと向かった。

もしも自分の居ないあいだに消えてしまっていたら――。

初め、ぼんやりとした願いだったそれは、いつしか明確な焦りへと変わっていた。

早く戻らねばならなかった。ローデリヒが自らの絶望に喰《く》い殺される前に。だがそればかりではなく、カロンは恐ろしかったのだ。あの美しいものとの繋がりを失うことを思うと、抑えのきかない恐怖がこみ上げ、早く戻れと急《せ》き立てた。

息を切らしながら、彼女を置き去りにしてきた小屋の扉を開けた時、カロンの胸に去来したのは安堵感と、ぬるい絶望感だった。

彼女はそこで確かに自分の帰りを待っていたのだから。

最後に見た時とまったく変わらない姿で。

「これは腐敗しない死体です」

カロンは言った。

「いつの時代に死んだのか、どこの誰なのかも分からない。ただこうして、いつまでも美しいままに在《あ》り続ける……ただそれだけの存在です」

カロンを見上げたローデリヒはゆっくりと瞬きをした。その瞳に、光が灯《とも》る。

そして、何かを見つけたかのような、どこか子供っぽい表情を浮かべた。

「なんだ。やっぱり君は、黄金を運んできたんじゃないか」

朽ちることのない永遠だ、と彼は笑った。

「しかし、なぜこの子を私に？　この子は君にとっても大切な子なんじゃないのかい？」

「……どうして、そうお思いに？」

「さあ。ただ、君とこの子の間には、深い繋がりがある気がするから」

じっとカロンを見上げたあと、主人は再び少女に目を落とす。

彼女が抱く、その短剣の柄《つか》に。

「『エリス　罪深き者よ、安らかに眠れ』――エリス、か。あらゆる厄災《やくさい》の母となった、不和と争いとを司《つかさど》る女神だね。そして夜の女神、ニュクスの娘……」

カロン、と言って主人は顔を上げる。

「冥府《めいふ》の河の渡し守もまた同じ――夜《ニュクス》と、その兄である闇《エレボス》の間に生まれた息子だ」

「……言ったでしょう。本当の名ではないと」

「そうだね。君は本当の名前を忘れてしまうくらい長いあいだ、この子と共に在ったのだろう……違うかい？」

見透かすような視線に、カロンは口をつぐんだ。

「なぜ君は、この子を私にくれる気になったんだい？」

「それは……あなたの――」

一瞬、カロンは言いよどむ。それから、ため息をつくように言った。

「あなたのお心の、慰めになれば、と。……それに、彼女を差し上げるのは、あなたが初めてというわけでもありませんから」

意図を測りかねたのか首を傾《かし》げるローデリヒに、カロンは告げる。

「彼女は今まで、多くの者の手に渡ってきました。『カロン』とは彼女の棺を運ぶ者に、代々受け継がれてゆく名です。彼女を気に入った者……あるいは彼女が気に入った者……そういう人間たちのところへ、カロンは幾代にもわたって棺を運んできたのです。……私もまた、ある時出会った先代のカロンから彼女を譲り受け、以来、それなりに多くの人々のところへ彼女を運びました」

「つまり、私もそうした人間の一人というわけか」

今までなら、棺を委《ゆだ》ねる相手にこんなことを言おうとは思わなかった。存在するだけで人を惹きつけるものに余計な注釈など必要ない。美しさは必ず何らかの謎を孕《はら》むものだ。けれどローデリヒにはすべてを伝えておきたかった。たとえ何の意味もないとしても。

感慨深そうに主人は呟く。

「妙な気分だな。……すると、彼らはこの子を君に返したということかい？　彼女を贈られた者たちは、その後どうしているのかな」

「――死にました」

納骨堂のようにしんとした空間に、カロンの声はやけに響いた。

青い瞳が、死者を運ぶ男の暗い目を捉《とら》える。「理由は？」

「死因、という意味であれば、ほとんどが自死でしょうね。人が自ら死を選ぶ理由がいくらでもあることくらい、あなたならご存知でしょう？」

不遜《ふそん》な客人の言葉に、「死に取り憑《つ》かれるというわけか」と主人は涼しげに答える。

「無理もない話です。これほど美しい死が目の前にあれば」

「まったくだね」

「彼女は人の運命を狂わせる。……いいえ、普通であれば抑えられるような心の動きを、いとも簡単に増幅させ、加速させることで、本来なら進むべくもなかった方向へと人を進ませてしまうのです」

「……なるほど。確かに厄災の女神だ」

本当は、要らないと言ってくれればよいと、どこかで思っていたのかもしれない。

ローデリヒが彼女を拒絶するのなら、カロンはまた同じ幌馬車へ彼女を積んで、元の道を帰ってゆけばいいだけの話だ。そしてもう、二度とこの館へは関わらないだろう。それは彼女が、彼を選ばなかったということなのだから。けれど――。

「二度と失われることなく、最期まで傍に……それが、彼女なのだね」

ローデリヒの表情は初めから変わらず、穏やかなままだった。

「……お気に召しましたか？」

「ああ。これ以上の贈り物はないよ」

カロンはそっと目を伏せる。

「……それはよかった」

そして、自分の襟《えり》元に手をやると、首に掛けていた紐を服の中から引き出した。

そこに通されていたのは、小さな金の鍵だった。

ローデリヒの前に跪き、その手を取ると、カロンは鍵を彼に手渡す。

「これは？」

「すぐにお分かりになります。――使うかどうかは、あなた次第だ」

ローデリヒは掌《てのひら》の上の輝きに惹き込まれるように見つめていた。

その表情を暫《しば》し眺めていたカロンだが、やがてそっと立ち上がり、背を向ける。

「……では、私はこれで」

もう、生きて会うことはないだろう。それでも美しき破滅の女神が、彼にほんの少しでも、たとえ歪んだ形であっても祝福を与えることをカロンは願い、立ち去ろうとした。

しかし、その背をローデリヒの声が追う。

「君は傍にいてくれないのか？」

驚いた顔で振り返ったカロンの目に、主人の困ったような微笑みが映った。

「渡し守がいなければ冥府の川は渡れないだろう？」

その表情を見た時、カロンには自分の未来が見えたような気がした。

カロンは薄く笑う。おそらくは自分にとって最後の客となるだろう男に向かって。

――この男が舟を降りるとき、自分もまた彼岸《ひがん》へ渡っていることだろう。

◇　◇　◇

暗い地下の奥底で、扉の閉まる重い音がした。

カツン……カツン……カツン……

階段を昇ってゆく足音が石の壁に反響する。

やがて仄明るい地上階までたどり着くと、短い廊下を抜け、ホールへと出た。窓から差す午後の光が、開けたホールを明るく照らしていた。

女中が二階へ続く階段の手すりを拭いている。こちらに気づくと、彼女は会釈した。軽く声を掛けて、磨かれたばかりの階段を昇ってゆく。どこからか、楽しげに遊ぶ子供の声が聞こえてくる。使用人の誰かが相手をしてやっているのだろう。

さざめくような館の音に耳を傾けながら、廊下を歩く。

そして書斎へと入ろうとした時だ。

ふと、その向こうの図書室の扉が少し開いていることに気がついた。

使用人たちにも好きに使ってよいと言ってある部屋だ。もっとも掃除の時以外、出入りしている者を見る機会は少ないものだが。

気まぐれな興味を引かれて、図書室の扉を軽くノックしてから開いた。

部屋は窓側を除く三方の壁が書棚で埋められ、さらに左右の壁と並行に幾つかのキャビネットが林立している。その一角に佇んでいた使用人の男と目が合った。

彼はちょうど、一冊の本を手元で開いているところだった。

革の表紙に金の題字が刻まれた古い本だ。

「懐かしいものを読んでいるね」

声を掛けると、使用人は本を閉じてこちらを見た。

「旦那さま」

彼の顔立ちは不思議と、ローデリヒより若いようにも、随分と歳上《とし》のようにも見える。出会ってからそれなりに経《た》つが、未だに彼の年齢はよく分からなかった。

それどころか出身も経歴も、本当の名前すら知らない。素性の分からない者を雇うなんて、と当初は渋い顔をする者もいたが、じきに皆、彼のことを受け入れていった。

彼は寡黙《かもく》にして忠実な働きぶりを見せた。ひょっとすると以前、別の家で使用人として働いていたのではないかと思うほど、仕事の飲み込みが早かった。それでいて目立つところがあるわけではなく、身の丈に合ったことを着実にこなしていくだけだ。

そうして彼は、あまりにも自然に館の一部として組み込まれていった。

「すみません。少々手が空いたものですから、ユリウス坊ちゃんに読んで差し上げられるものをと思いまして」

「相変わらず、君はユリウスに甘いな。カロン」

「旦那さまほどではございませんよ」

カロンは口の端に悪戯《いたずら》っぽい笑みを浮かべた。普段は表情の少ないこの使用人も、この頃は時々こういう顔をする。

「私が君を森で拾った日に読んでいた本だね」

「憶《おぼ》えていらっしゃるのですか？」

驚いたように彼は答える。

「ああ、おかしな話ではないだろう？　印象的な出来事のあった日に読んでいた本というのは、よく憶えているものだよ。それを、あの子に？」

「ええ……いえ、本当は私も懐かしく思って手に取ってしまったのですが……そうですね。坊ちゃんも、もう五歳におなりですし、ちょうど良いかもしれません」

「ちょうど良い、か」

含むような話し方に、カロンは怪訝《けげん》そうにローデリヒを見る。

子供と家庭のメルヘン集、とローデリヒは本の題を口にした。

「この本は今までに何度も改訂がされてきたんだよ。いかにも子供のための本という題名だが、当初はそれが示すほど子供向きではなかった。血なまぐさい描写も、官能的な内容もあってね。——子殺しの魔女、飢《う》えの果ての食人……近親相姦《そうかん》、死体愛好……」

「……確かに、お子さまには少々刺激が強いようですね」

軽く眉を顰《ひそ》めたあと、使用人はまた元の礼儀正しい無表情へと戻った。

その様子にくすりと笑ってから、おもむろに彼の手から本を取り上げる。

分厚い本はずしりと手に重い。

「書物の改訂は記録が残るから、どんな変遷《へんせん》を辿《たど》ってきたのか経過が分かりやすい。でも、この本は口承を元に書かれている。文字に起こされる前の物語はとても軟らかくて、容易に変形してしまうはずだ。元になった話は、もっと生々しい形をしていたのかもしれないね」

「……この図書室には同じような民話集や伝説集が多くありますね。旦那さまは、お詳しくていらっしゃる？」

「私ではなく、ほとんどは祖父の蔵書だよ。ある種の蒐集家《しゅうしゅうか》というか、研究家のような人物だったそうでね。私は、ここにあるものを気まぐれに摘まみ読みしているだけだ」

「坊ちゃんがいらっしゃるからだと思っておりました」

「もちろん、これは『子供と家庭のための』ものだ。ユリウスにもいずれ読んでやろうと思っていたよ。けれど、メルヘンは子供だけのためのもの……子供騙《だま》しの低級な作りごとではない。少なくとも、祖父はそう思っていたのだろうね」

表紙を開き、ぱらぱらと頁をめくってゆく。

通し番号を振られた物語には短いものも長いものもあった。今更ながら、この国にはこれほど多くの物語が伝わってきたのかという新鮮な驚きがある。

「物語は時代とともに姿を変えてゆき、元の形は次第に曖昧《あいまい》になってゆく。誰も、その始まりの姿を知ることはできない……」

はたと頁をめくる手を止め、顔を上げた。

「地下室の彼女のようにね」

ローデリヒは微笑んだ。カロンの表情が少しだけ硬くなる。

頭に浮かぶのは、暗い地下室に置かれた硝子の棺だ。

その中に納められた少女は、どこの誰なのか、なぜ死んだのかも分からないという。

ただ、彼女は朽ちることなく、いつまでも美しいままに存在し続けている。ひょっとすると、ふとした瞬間に目が覚めるのではないかと——たとえば棺を運ぶ者が躓《つまず》いた拍子に、毒林檎《りんご》の欠片《かけら》を吐き出して蘇《よみがえ》るのではないかと思えてきそうなほど。

それは、どこかで聞いたことのある御伽噺のように。

「五十三番――白雪姫」

ローデリヒの開いた頁には、この国で最も美しい少女の物語が記されていた。

その昔、一国の王妃が雪の降る日に願ったとおり、「雪のように白く、血のように赤く、黒檀《こくたん》のように黒く」生まれた姫君の、波乱に満ちた物語が。

「似ていると、君も思ったのだろう?」

「……ええ」

「彼女をあの棺に納めた人間も、この物語を知っていたのかもしれないな。だから、腐敗しない彼女のために硝子の棺をつくった……」

毒林檎を食べて息絶えた白雪姫。しかし彼女は呼吸を止めたあとも、まるで生きているかのように瑞々《みずみず》しく、決して腐敗することがなかった。

彼女の死を嘆いたドワーフは言った。

『この人を、あの黒い土の中に埋めることなど、できるものか』

ローデリヒは亡き妻のことを思い出す。

温度を失った青ざめた肌の色と、病気のために痩せこけた頬。どうあっても再び目を開けはしないのは分かっている。

それでも、ずっと傍にいられるのなら、自分も同じことをしたのだろうか。

エリス……彼女が死んだ時、周りの者も同じように思ったのだろうか。

「彼女をくれた時、君は言ったね。多くの者が彼女のために運命を狂わされたと」

事実、それを知りながら、ローデリヒ自身もまた彼女を得たいと思ったのだから。

それほどまでに彼女の存在は魅惑的だ。

ローデリヒはゆっくりとお話の頁をめくった。

「白雪姫の継母《ままはは》……新しい妃は嫉妬《しっと》に身を焦《こ》がし、彼女を殺そうとして、ついには魔女として処刑される。姫を信奉するドワーフたちは、彼女が死んだ時、いつまでも変わらず美しいままの彼女を埋葬することを拒み、彼女を硝子の棺に納める。そして、彼女の美しさに心奪われた王子は、遺体である彼女を愛して傍に置きたいと願う……皆、彼女の美しさに振り回されてゆくんだ。彼女自身はただ、在るがままに存在しているだけだというのに」

「……」

「この物語の悪役である魔女は新しい妃だが、彼女がやったことといえば、せいぜいが飾り紐で締め上げたり、毒を塗った櫛《くし》や林檎で姫を殺そうとしたりする程度。魔法の鏡は文字通り、ただ彼女の内面を映す鏡にすぎない。比喩《ひゆ》表現なのかもしれないし、彼女に耳打ちする人間がいたのかもしれない」

邪悪な属性を持つ女性のことを魔女と呼び慣らわすのは確かだが、少なくとも彼女のしたことは、特別な力などなくても説明のついてしまうことばかりだ。むしろ——。

「魔術的な存在は白雪姫のほうだとは思わないかい？　彼女は三度にわたって殺されかけるが、三度とも生き返る。……そもそもが生まれてくる時点で、彼女はすでに魔法を掛けられているとも言えるしね」

彼女の亡き実母によって、『雪のように白く、血のように赤く、黒檀のように黒く』と。

「私はね、この物語の本当の魔女は、白雪姫だったのではないかと思うんだよ」

そう言って、ローデリヒは本を閉じ、カロンに返した。受け取った本を、彼はまるで初めて目にするかのような表情で見つめていた。

「そのような読み方もできるのですね」

「長い時間を経《へ》てきたものは、その時の中で多くの人間と関わってゆくうちに、たくさんの意味が与えられてゆくものだ。読み方はいくらでもある」

「……彼女と同じように？」

「そういうことだね。どうだい？　ちょっとした謎解きみたいじゃないか」

楽しげに言うローデリヒに、カロンは珍妙な生き物でも見るかのような目を向けてくる。

「君はどこで彼女と出逢ったんだい？」

訊《たず》ねると、カロンは「ここよりずっと南の土地です」と答えた。

「私に彼女を託した男は、彼女を『女神の化石』と呼びました」

「エリス……厄災の女神の、化石か」

神秘的でありながら、なんと禍々《まがまが》しい聖遺物だろう。

父なる神に信仰を捧げる国において、異国の女神とはまさに魔女そのものだ。

「彼女がどこの誰だか分からないと、君は言ったね」

「ええ」

「だが少なくとも、彼女の握る短剣に刻まれているのはこの国の言葉だ。もちろん、転々としている間に誰かが彼女に握らせたと考えられないこともないけれど、少なくとも、過去にも彼女はこの国に居たのだろうね」

御伽噺は一見して荒唐無稽《こうとうむけい》のようだが、時に一片の真実を孕んでいることもある。

「雪のように白く、血のように赤く、黒檀のように黒く……これは今では、白い肌、赤い頬、黒い髪を指しているが、口承の段階では異なっていたという話がある。白雪姫の髪は金色で、黒いのは瞳だったそうだ。――ねえ、カロン。あの子の瞳は、何色なのだろうね？」

「まさか……」

ふ、とローデリヒは謎かけをするような笑みを口の端に刷《は》いた。

「さあ。これは単なる私の想像だ。確かめることなど決してできはしないのだから」

振り返れば、カロンが主人と出会ってから七年という月日が過ぎていた。

それは幼児が少年へと成長するのに十分な期間であり、親にとっては長くも短くもある半端な期間なのかもしれない。しかしカロンにとって、それは未だかつてないような穏やかさで流れ去っていった。

不気味なほどに。

主人は時折、地下室へと下りてゆくが、そこにのめり込むような狂おしさはない。ただ、そこに彼女がいるということを確認し、安心しているかのようだった。

正直なところ、これほど長い間ローデリヒが命を繋ごうとは思っていなかった。

綱渡りをするような危うい生き方をしていたローデリヒに、カロンが渡したのは間違いなく劇薬だった。しかし猛毒は今のところ、奇跡的に妙薬として機能している。

ここまで長く彼女が一つところに在り続けたことは、カロンが先代の男から棺を譲り受けてからというもの一度としてなかった。

彼女の影響を受けない人間……少なくとも、彼女によって殺されることのない人間。そんな人間がいるのなら、それは長きにわたるエリスの因果を——そして「カロン」の呪いを解く、糸口となるのではないか——。そんなことすら考えもした。

厄災《エリス》を秘めた棺。あたかもそれは、神が人にもたらしたという贈り物の箱《パンドラ》だ。ただ運ぶことしかできないカロンにとって、その可能性は箱の奥底に隠し持った唯一の希望だった。

幸せそうな主人と、その息子の成長を眺めながら館で過ごす時間を、気がつけばカロンは普通の使用人のように享受《きょうじゅ》していた。自らが本当に仕える相手について、思考することを避けたまま。

そして、その日は前触れもなく訪れた。

冷たい雨がしとしとと降り、緑の森は薄靄に包まれていた。濡れた馬車道を、泥水を飛ばしながら疾駆《しっく》してくる一台の馬車があった。

焦った様子で館へ駆け込んできたのは、主人の生家に仕える使用人だった。

のっぴきならない雰囲気を感じて迎えに下りてきた館の主《あるじ》に、青い顔をした使用人の男は微かに声を震わせ、それでも努めて冷静さを保ちながらその訃報を伝えたのだった。

「マレーナが、死んだ……？」

居合わせたカロンは、その瞬間、主人の表情がひび割れるのを見た。

「なぜ……病気など、なかったはずだ……」

だらりと落ちた両手は微かに震え、その目は使者に向けられていながら彼のことを見てはいなかった。

「馬車の事故です。ご夫妻でお乗りになられていて、お二人とも……まだ小さいお子さまだけが、お邸《やしき》に残られていたのでご無事でした」

――なぜこの人は、こんなにも失わなければならないのだろう。

その時、そう思ったのはカロンだけではなかったはずだ。今にも壊れてしまいそうな顔を片手で覆い、ローデリヒはよろよろと階段を上がっていった。

「少し、待ってくれ……すぐ支度する……」

カロンの脳裏に、淡い色の髪と空色の瞳をもつ、少女のような女性が浮かんだ。

初めて出会った日、寝台に横たわる兄にすがりついて泣いていた彼女は、カロンが使用人としてこの館に仕えるようになってからしばらくは、時折やって来ていた。

最初の印象から弱々しい娘なのかと思っていたが、意外にも、彼女は聡明で芯の強い女性だった。そして彼女が滞在している間、主人は決して地下へは下りてゆかなかった。

だが三年ほど前、彼女が結婚してからは、ぱったりと来なくなった。すぐに子供もできたというから、家庭が忙しくなったことで兄のもとを訪れる暇もなくなったのだろう。

いつかの昼下がり、まだ幼かったユリウスと三人で庭へ出て過ごしていた彼らのことを、カロンは思い出していた。

走りまわるユリウスを眺める二人は、まるで揃いの人形のようだった。

彼と彼女の間には、決して多くの会話が交わされていたわけではない。それでも、二人の存在はしっくりと馴染《なじ》んで——主人は確かに安らいでいた。そこに居ることを確かめるだけで良いとでもいうように。

支度を整えた主人は、虚ろな表情で下りてきた。

「留守を頼むよ」

人形の片割れを失った主人は、突然のことに理解の追いついていない少年を伴《ともな》って、雨のそぼ降る館の外へと出ていく。そして真っ黒な馬車に乗ると、もう声を聞くことも微笑むこともないと分かっている人のところへ旅立っていった。

——帰ってきた時、主人は一人の幼子を抱いていた。

主人によく似た、限りなく黒に近い栗色の髪《ブルネット》に、深い湖の底を思わせる青色の瞳。

「今日から、私の息子として育てることになった。名前は——」

彼女《マレーナ》の息子の名は、彼女の兄の名と同じだった。

その日からは、少しずつ時計の針が狂ってゆくようだった。

あまりにも穏やかな変化であるがゆえに、傍目《はため》には主人の内面に起こっていることなど分からない。彼は決して、他人に見せる自分を変えなかった。ちょうど、幼い息子を抱きながら死への願望を語った時、そして、思いつきのように自殺を図った時と同じように。

ある日、できたばかりの弟の世話を焼いてやっていたユリウスが、ふと、傍らで本を読んでいた父に訊ねた。

「僕のお母さまは、どんなひとだったの？」

マレーナの葬儀には、彼も参列していた。彼にとって生きている頃のマレーナはほとんど記憶にないだろうが、幼い弟を見ていて思い至ったのだろう。自分にも昔、母と呼ばれる女性がいたということを。

息子の問いに、ローデリヒは微笑して答えた。

「うつくしい人だよ……とても」

ユリウスは一瞬、何かに引っかかったような表情をしたが、それが自分でも何なのか分からないという風で首を傾げ、また弟と遊びはじめた。その場にいたカロンは、主人が亡き妻のことを現在形で表現していることに気がついていた。

その晩遅く、主人は妻と妹の写真を館中から残らず集めてくるよう、カロンに命じた。

そう多くは飾られていなかった彼女たちの写真だが、すべてとなるとそれなりの数になる。肖像写真《ポートレイト》もあれば、主人と二人で映ったものも、まだ赤ん坊のユリウスが一緒に映っているものもあった。それらを額から外し、あるいは写真立てから引き抜いてゆくうちに、ふとカロンは奇妙な感覚に陥《おちい》った。

二人の女性のどちらが彼の妻で、どちらが妹なのか、分からなくなってきたのだ。

集めた写真を書斎の主人のもとへ持っていくと、彼は「ご苦労だったね」と微笑んだ。

そして、それらを一枚ずつ、花びらでも撒くように暖炉の中へと焚《く》べていった。

写真は暖炉の火に舐《な》められ黒く縮んでゆく。温かな暖炉の火ばかりが眩《まぶ》しかった。影になった主人の後ろ姿を、カロンは暗がりの中からただじっと見つめていた——。

翌早朝、カロンは暖炉の灰を丁寧に掻き出し、燃え残りと一緒に処分した。

使用人たちの間ではちょっとした騒ぎになった。カロンが写真を外しているところを見ていた者が訳を訊ねてきたが、忠実な使用人は「旦那さまの仰《おお》せで」と返すことしかできなかった。程なくして主人が現れたので、女中が控えめに事の次第を問うと、ローデリヒはいつもと変わらない様子で「私が頼んだのだよ」と答えた。

「すべて私が保管しているから心配しないでおくれ」

前の晩に自らの手ですっかりと写真を燃やしてしまったはずの主人は、まるで本当に、思い出の写真を大切に仕舞ってあるかのようにそう言った。

なぜ、とは誰も問わなかった。問えるはずもない。敬愛する主人に、これ以上辛いことを思い出してほしくないと誰もが思っていた。きっと主人はもう、館の中で写真を目にすることすら耐えられないのだと。

だが現実はより救いがたく、歪んだ姿をしているものだ。

写真をすべて燃やしたあと、ローデリヒが向かったのは地下室だった。

階段を下る足音が、カロンの頭の中に響く。まるでその背を追うかのように、暗闇の奥底へと下りてゆく主人の姿をありありと思い描くことができた。芳醇《ほうじゅん》な葡萄《ぶどう》酒を口にした時のような、痺《しび》れるような陶酔がカロンを襲った。

ローデリヒは重たい扉を開ける。

冷たい硝子の中で、彼の愛した者たちの影は混じり合い、永久に凍結されて美しい結晶となる。それは一人の清らかな乙女の姿をしている。

そして金色に輝く小さな鍵で、彼は棺の蓋《ふた》を開けるのだ。

闇の中、蠟燭《ろうそく》の灯《ひ》に浮かび上がる艶やかな髪に指を絡め、陶器のような白い頬を撫ぜる。棺の縁に寄りかかり、抱きしめるように、甘い香りのする首筋に顔を埋める。

地下室の扉が固く閉ざされている限り、もはや彼が愛する者を失うことは二度とない。

その瞬間、彼を満たしていた感情は、紛《まご》うことなき幸福だった。

◇　◇　◇

シャベルを手に、ユリウスは穴を掘っていた。傍らには大きな木箱が置いてある。

この木陰は夏でも涼しいが、それでも少しすると額に汗がにじんでくる。伝い落ちてきた雫《しずく》が目に入り、視界がぼやけた。

深く息を吸ってから顔を上げると、ちょうど弟がやって来るところだった。

「兄さん、調子はどう？」

努めて明るい声を掛けてくる弟に、「もう少しだよ」と答える。

今年で十五になった弟は随分と背が伸び、雰囲気が父に似てきたような気がする。

弟は木箱の傍へしゃがみ込み、優しくその表面に手を置いて、寂しそうに目を細めた。

「十年か……」

涼しい風が森を抜け、頭上で木の葉がざわざわと音を立てた。

十年前、弟は五歳だった。十年は彼にとって、物心ついてから過ごしてきた時間のほぼすべてだ。もう憶えていないこともたくさんあるだろう。

木箱の中の「彼」が来た日のことも、彼は純粋な歓《よろこ》びとともに思い出すに違いない。

もちろん、その日の思い出はユリウスにとっても温かなものだ。

けれど、決してそればかりではなかった。

――ユリウスには鮮烈な記憶がある。開かずの地下室にまつわる記憶だ。

当時、ユリウスは十二歳だった。

広い館の中で唯《ただ》一つ、開けたことのない未知の扉。中には何があるのと訊いても、誰も教えてはくれない部屋。ある日の晩、そこへ父が灯りを持って入っていくのを見た。

父の手元で、灰色の鍵が手燭《てしょく》の灯《ともしび》に輝いた。

ユリウスはどきどきした。

――まるで冒険物語みたい。秘密の部屋を開ける、秘密の鍵だ！

宝の地図を見つけたような気分だった。

宝箱を開けるためには、まずは鍵を探さなければ。在《あ》り処《か》は父の書斎に違いない……そう考えたユリウスは、父が仕事で留守にしている間に、そっと二階の書斎へ忍び込んだ。

薄暗い書斎は、壁全体が背の高い本棚で覆われていた。この館はユリウスのひいお爺《じい》さんの頃からあるらしく、並べられた本の背表紙はどれも古めかしい。

天井まで届くような縦長の窓が三つあり、その向こうには森が広がっていた。

中央の窓に背を向けるように置かれた広い書き物机と、部屋の隅の書見台、来客用の円卓と椅子以外には、目立った家具のない部屋だった。鍵があるとすれば、きっと机の抽斗《ひきだし》だ。

父が戻ってきた時におかしいと思われないために、極力ものを動かさないよう用心深く探っていると、それらしいものはすぐに見つかった。一番上の段の、一番奥。女の人が指輪を入れるような綺麗な小箱を開けてみると、そこには無骨な灰色の鍵が入っていた。

すぐさま鍵だけ取り出して他を元通りにすると、ユリウスは子供部屋にいる弟のところへ駆けていった。そして、絵本を広げていた弟の耳元に囁いた。

——見つけたよ、地下室の鍵！

自分と同じく、弟もずっと気になっているのを知っていた。弟は可愛い青い目を輝かせて、ユリウスと同じくらい小さな声で、開けに行こう、と言った。

使用人たちに見つからないよう忍び足で、時々たまらずにクスクスと笑いをこぼしながら、二人は地下室の扉の前にたどり着いた。

古びた焦げ茶色の扉に、黒々とした鉄の錠《じょう》が取り付けられた扉。ユリウスは心臓を高鳴らせ、その鍵穴にそっと鍵を挿し込んで回した。

かちり、と音がして鍵が開いた時、二人は声にならない歓声を上げた。

兄弟は、ついに夢みた部屋の中へ足を踏み入れたのだ。

地下室の中は、想像していたよりも明るかった。入って左側には鉄格子の嵌《はま》った明かり取りの高窓があって、そこから外の光が斜めに差し込んでいた。見たところは物置のような造りなのに、物はほとんど置かれておらず、がらんとしていた。

——ただ一つ、影になった壁際に置かれた、大きな箱のようなものを除いて。

黒い布が掛かっていて、見た目だけではそれが何なのか分からなかった。

その時、何となくユリウスが思い出したのは、その三年前に死んだ叔母——今は弟である従兄弟《いとこ》の母であり、父の妹であった人のお葬式だった。

ユリウスが小さい頃に何度か遊んでくれた記憶はあるが、その時分には会うことがなくなっていた人。事故で死んでしまったというその女性《ひと》は、このくらいの大きさと形をした黒い箱に入って、土の底へ沈んでいった。

ユリウスと弟は顔を見合わせ——二人で黒い布を引き剝がした。

布の下から現れたのは、硝子製の箱だった。縁を金色の金具で継ぎ合わされた箱は、所々に切子《きりこ》細工が刻まれ、影の中にあってさえ輝いていた。

そして、その中に、亜麻色の髪の娘が横たわっていた。

雪のように白い顔に、胸の上で組み合わされた手。閉じられた瞳を縁取る長い睫毛《まつげ》。

今思えば、少女のうちに入りそうな年若い娘だったが、その時のユリウスには大人の女性として映った。

──なんて綺麗なひとだろう。

唐突に、ユリウスの脳裏に一つの光景が蘇った。いつのものか分からない曖昧な記憶の中で、背の高い父の隣に立つ小柄で華奢な女性。父は彼女を愛おしそうに抱きしめる。ユリウスには、それが自分の亡き母だったのか、それとも叔母だったのか、分からなかった。なぜ今、その時のことを思い出したのかも。

──ただ、その瞬間、父のことがどうしようもなく羨ましくなった。

屋根型の蓋に手をついて中を覗いていた弟が、ねてるのかな、と不思議そうに言った。

「きっと人形なんだ。こんな所に入っていたら息がつまって死んでしまうもの」

吸い寄せられるように彼女の顔を眺めながら、そんなことを言ったような気がする。

そう……本当に人間だとしたら、こんな鍵のかかった部屋で眠っているわけがない。

「しんじゃったのかも」

兄の思考を読むような弟の無邪気な言葉に、内心ひやりとしながら「ばかだな」と応えた。

兄弟がひそひそと囁きあっていた時だ。

「坊ちゃん方」

背後から突然声を掛けられて、二人は飛び上がった。

振り返ると、二人を見下ろしていたのは使用人のカロンだった。やや浅黒い肌と彫りの深い顔立ちのせいか不思議と年齢が分からず、謎めいた雰囲気をもつ彼のことを、絵本に出てくる異国の魔神のようだとユリウスは密かに思っていた。

弟は懐いているようだが、正直、ユリウスは彼のことが少しだけ怖かった。強い光を放つ黒々とした目は、本当に地獄《じごく》の舟人・カロンのように見えた。

ユリウスが握っていた地下室の鍵を、瞬く間に彼は取り上げた。そして二人を立たせると、背中を押して地下室から追い出し、元通りに鍵を掛けてしまったのだ。

「あの人形は何なの？　なぜあそこにあるの？」

いくら訊ねても、カロンは冷たく「お答えできません」と言うだけだった。

「悪いことは申しません。今日のことは夢と思ってお忘れなさい。そして二度と、この部屋へは近づかないことです」

ユリウスには納得がいかなかった。今まで、そんなふうに理由も教えられず、無闇に禁止されたことなどなかった。カロンだって、普段ならちゃんとなぜいけないのか訊けば教えてくれる。それが、その時は頭から否定されて取り付く島もなかった。

夢と思って、なんてできるはずもないことを求められることに理不尽を感じた。

忘れられるはずがないではないか。あんなに――あんなに、綺麗なものを。

それからも周りの目を盗んでは父の書斎に忍び入り、あの鍵の入った小箱を探したが、もうどこにも見つからなかった。

「お願い、もう一度あの部屋へ入れて」

ユリウスは何度もカロンを捕まえては頼んだが、彼は首を縦に振らなかった。

「いたしかねます」

「どうして」

「旦那さまのご命令です。旦那さまの他に、誰も入れてはならないと」

「どうして？　あの子とお父さまに何の関わりがあるの？」

「この館は隅々まで旦那さまのものです。――彼女も含めて」

「じゃあ、お父さまにお願いすればいいんだね？」

「……どうぞ、ご随意《ずいい》に」

鋭い眼光にユリウスはたじろいだが、それでも諦めるわけにはいかなかった。

けれど、なぜ自分がこれほど必死になるのかも分からなかった。彼女の面影を胸に蘇らせると、ユリウスは心臓がむず痒《がゆ》くなるような気がした。

その日、ユリウスは書斎で仕事をする父のところへ行った。

「どうしたんだい？」

息子に気づくと、父は微笑んで書き物の手を止めた。机の前まで行くと、ユリウスは真剣な表情をして「お願いがあります」と告げた。

「何かな」

「地下室の鍵を僕にください」

その瞬間、父は見たこともないような表情——すべての感情が抜け落ちてしまったかのような顔をして、即座に「駄目だ」と言った。凍えそうなほど冷ややかな声だった。

「カロンに聞いたよ。言いつけを破って地下室へ入ったそうだね。この机の中から鍵を持ち出して……ユリウス。私はお前を泥棒として育てたつもりはないよ」

滅多に怒ることのない父から、ちりちりと青い炎のような怒りが発せられていた。

ユリウスは愕然《がくぜん》とし、同時に良心の呵責《かしやく》に苛《さいな》まれたが、それでも身の内から湧き上がってくる何かが、自分を父に立ち向かわせようとしていた。

「あの人は……あの人形は、何なのですか？　お父さまはなぜ、あれを——」

「ユリウス」

ばん、と鳴り響いた音が、父が机の天板を叩いた音だということに、遅れて気がつく。

立ち上がった父親が青い目を細めて、こちらを見下ろしていた。ユリウスは呆然《ぼうぜん》とする。

「何度も言わせるな」

決して大きな声ではなかったが、父は確かに激怒していた。

ユリウスは怖かった。父の怒りそれ自体ももちろん怖かったが、それよりも、父をそんな風に豹変《ひょうへん》させてしまうものが怖かった。何が父の逆鱗《げきりん》に触れてしまったのか、分からないのが気味が悪くて、どうしようもなく恐ろしくて、ユリウスはその場から逃げ出した。

次の日、家族が揃う朝食の席で、父はいつもと変わらなかった。それが尚更怖くて、ユリウスはほとんど口を開かなくなっていた。

子供部屋に引きこもる兄のところへ、弟は何度か心配そうな顔をしてやって来た。あそぼうよと肩を叩いてくるが、そんな気になれないユリウスは何も答えなかった。すると彼はつまらなそうにして、「カロンにご本よんでもらう」と言って出て行った。

しかし、弟も幼いなりに何か察しているところがあったのだろう。ユリウスが塞ぎ込んでいる間に、どうやら父に何事か相談していたらしい。

しばらく経ったある日のことだ。三日ほど家を空けていた父が帰ってきたので、ユリウスは弟と一緒に、父を迎えにホールへ下りていった。

父は腕の中に何かを抱えていた。

それは灰色がかった黒の毛玉で、よく見ればもそもそと動いており、直後、ぱっと顔を上げた。真っ黒で真ん丸な一対の瞳が、ユリウスを見た。

グレート・デーンの仔犬だった。兄弟は歓声を上げた。

「二人とも、前に言っていただろう。犬が欲しいって」

父は穏やかな目をして弟を、そしてユリウスを見た。

「この間はきつく叱って悪かった。父さんからの贈り物だよ。許してくれるかい？」

ユリウスはこみ上げそうになる涙を隠すように、ぎゅっと父に抱きついた。

自分が本当に怖かったのは父の愛を失うことだったのだ。ユリウスは思い知った。

それを失うくらいなら、すべては夢のままでよかった。

もっとも、あの時、そこまで考えていたのかは分からない。だが、少なくともユリウスは本能のままに「彼女」を忘れたのだ。

そして、新たな家族となった仔犬――賢く勇敢なイザークに夢中になった。

グレート・デーンはとても大きな犬だ。

イザークはみるみるうちに成長した。一年も経つと弟よりも大きくなって、初め小さなイザークを可愛がっていた弟は、身長を抜かされてしまったことに驚愕《きょうがく》しているようだった。その様子が可笑《おか》しくて、父とユリウスはよく顔を見合わせて笑った。

迫力のある見た目に反して穏やかな性格の彼は、どこまでも愛情深かった。イザークは子どもたちにとって、友であり、兄弟であり、同時に父や母にも近いような存在だった。

言葉は通じないが、その理知的な目を見ていると、自分の気持ちを分かってくれているような気がした。姿があるだけで、傍にいるだけで、とても安心した。しかし――。

「……もう一度、開けてみてもいいかな」

穴を掘り終えたユリウスは、その木箱に目を落とした。弟は静かに頷く。

「お父さまも、みんなも、もうすぐ来るから。最後にお別れしてから埋めよう」

イザークは今日、死んでしまった。

犬と人間では生きられる時間が違う。イザークはもう十分すぎるくらい生きてくれて、別れは仕方のないことだと頭では分かっていた。

二人でそっと木箱の蓋を開けると、木漏れ日が黒灰色の毛並みに落ちる。

長年家族の一員であった老犬は、オリーブのようだった瞳を瞼に隠し、お気に入りの毛布にその体を横たえていた。ユリウスはその背をそっと撫ぜた。

昨日までは呼吸に合わせて上下していた腹も、楽しげに振られていた尻尾も、もう二度と動かない。見た目はどこも生前と変わらないのに、魂《たましい》が抜けてしまったというだけで、それはどうしようもなく死んでいた。

――そう。幼い日に地下室で見た少女も、よく似た姿をしていた。

まるで生きているかのように見えるのに、間違いなく生きたものではない。

ユリウスはそれを人形だと思った。でも、もしそうでなかったら？

なぜだろう……今日は妙に、あの日のことを思い出してしまう。


守護者の瞳が閉じられた時、カロンは止まっていた物語が動きだす音を聞いた。

――イザーク。お前はよく働いた。

土に埋められてゆく当家の愛犬を、使用人たちとともに見送りながら、カロンはその不思議で愛すべき生き物について考えていた。

あの忌《い》まわしい女神の骸《むくろ》にとって障害があったとすれば、それは間違いなく彼だろう。

この十年、イザークは少なくとも、二人の少年の心は守り通してきたのだ。

イザークは気性の優しい犬で、滅多なことがない限り決して吠《ほ》えなかった。

ただ、兄弟が少しでも地下室へ続く階段に近づこうものなら、一声強く吠えて遠ざけようとした。動物ならではの本能なのだろうか。彼はきっと、地下室に「よくないもの」があることに気がついていたのだろう。

「人間も、お前くらい賢ければ、彼女などに惑わされずに済むのだが」

見ていたカロンがその背を撫ぜてやると、彼は澄んだ瞳でカロンを見据えた。まるで、彼一人が、カロンの運命をすべて見通しているかのように。

館には沈痛な空気が流れていた。使用人たちもイザークの死を悼《いた》んでいた。ましてや、家族同然に彼を愛していた主家の親子の悲しみは計り知れなかった。

——その夜、カロンは一人、地下室へと下りていった。

暗闇に包まれた地下の空間を、手燭を掲げて歩いてゆく。そして扉の前まで来た時、何か黒い塊《かたまり》のようなものがぽつねんとうずくまっていることに気がついた。

「ユリウス坊ちゃん」

声を掛けると、膝を抱えていた人影は白い顔を上げた。

青年の顔には生気がなく、目の下には隈ができ、碧の瞳は暗く沈んでいた。

「カロン……」

その表情は昔、死のうとして失敗した彼の父が寝台で見せた表情とよく似ていた。

掠れた声で、彼は言った。

「憶えてるか？　昔、僕はここに入ったことがあった。弟と一緒に……そして、そこで綺麗な人形を見つけたんだ。硝子の箱の中に入った……」

「……さあ。そんなこともあったでしょうか」

「頼むから、とぼけるなら、もっとマシにとぼけてくれよ……」

青年は大きく息を吐いて項垂《うなだ》れる。

「僕がここへもう一度入りたいと言った時、父さまは人が違ったように怒ったんだ。それがあんまり怖くて、でもそのあとイザークがうちに来て、僕はあの子のことを忘れた……忘れなければいけないと思ったんだよ」

そうして、どこか皮肉げな笑みを浮かべてカロンを見上げ、ユリウスは唐突に言った。

「――カロン。お前、恋をしたことはある？」

「……は？」

「僕はある。みんなには秘密だけどね。何度か、女の子を好きになったことがあるよ」

立てた片膝に頬を載せて、青年は物憂《う》げに告白する。気怠《けだる》げな雰囲気が、若い頃のローデリヒを思わせた。恋の話をしているのに、声には少しも熱がこもっていなかった。

「……左様でございますか」

「でも、気がついた。今までに僕が好きになった女の子は、みんなよく似てるんだ。病弱そうで、線が細くて、肌が白くて……髪の色が淡くて」

「……」

「僕が本当に恋していたのは、ずっと一人だけだったんだね」

ああ、とカロンは重い息を吐いた。

やはり十年前、彼女はユリウスに魔法をかけていたのか。恋を恋と知る直前の柔らかな少年の心に、彼女は罠を仕掛けていった。時限式の呪いを。

「あの人形……あれは本当に、人形だったのか？　今思えば、あれは、あの子は――」

「夢と思って忘れなさいと、あの時、そう申し上げたはずですが」

「夢？」

ユリウスは乾いた笑いをこぼす。

「そうだな。ぜんぶ夢ならいい。朝になって目が覚めて、ああよかった、夢だった、って忘れられたらどんなにいいだろう」

こんなに辛いことがあるのなら、僕はもう生きていたくないよ、と彼は消え入りそうな声で呟いた。やはりよく似ている、とカロンは思った。

「なぜ今になって地下室《ここ》へ？」

「……あいつ、僕がここへ来ようとすると、吠えただろう？　姿が見えないと思ってたのに、嗅《か》ぎつけたみたいにいつの間にか現れて。滅多に吠えないイザークが吠えるものだから、みんな集まってくるし……」

ユリウスは困ったように、弱々しく笑った。

無駄と分かりながら、それでも彼は思いたかったのだろう。自分がここへ来れば、どこからかイザークが止めにやって来ると。だが、もう、そんな日は来ない。

彼は扉の前に辿り着いてしまった。

「土の中に居たんじゃあ、ここまでは来られやしない」

「坊ちゃん……」

「どうして埋めてしまわなければいけないんだろう。ずっと傍にいられないんだろう……僕はね、カロン、本当は——イザークを剝製にしてしまいたかったんだよ」

カロンは僅かに息を呑《の》んだ。「そのことを、ご家族には？」

「言えるはずないだろう？　そんな残酷《ざんこく》なこと……あの二人が許すはずがない。イザークは狩りのトロフィーなんかじゃないんだ。死んだ家族の腹を切り開いて中身を捨てて、薬品につけて晒《さら》しものにするなんて、誰もそんなことしたいと思うわけないだろう？」

「……けれど、坊ちゃんはそうお思いになったんでしょう」

「それは僕の頭がおかしいからさ！」

張り裂けそうな声で、ユリウスは叫んだ。

「だからこんなに、この場所が気になるんだ。本当はもう、あの子が人形じゃないことくらい分かってる。知るべきじゃないことも……あの時の女の子が何だったのか分かってしまったら、父さまの秘密が分かってしまったら、元には戻れないんだから。でも、それでも……僕はもう、あの子のことが忘れられない。忘れたくない……」

「ユリウス坊ちゃん」

柄にもなく声を強めたカロンに、ユリウスは驚いたように言葉を呑んだ。

カロン自身、なぜ自分がこれほど必死になっているのか不思議だった。

ユリウスは今年、二十二だ。父に似て線の細い、美しい若者になった。彼の青春が彼女のために捧げられてゆく物語は、どんなにか甘く芳《かぐわ》しいだろうに。

けれどカロンの頭に浮かぶのはどうしても、出会ったばかりの頃の、幼い彼なのだ。

河を往来する寄る辺ない渡し守は、憩いの岸辺に長く留まりすぎてしまったのだろう。

「どうか、イザークの働きを無駄になさらないでください。この扉の向こうにあるのは、よくないものです。イザークにはそれが分かっていました。あなたはおかしくなどありません。おかしいのは――」

「あの子は、まだこの扉の向こうにいるの？」

「坊ちゃん」

「答えてくれ」

よろよろと立ち上がったユリウスは、まるきり亡霊のようだった。

その時、手燭の灯りを受けて、彼の手の中にあるものが光る。ユリウスはそれを、まっすぐにカロンの喉元に突きつけた。

　鈍く光を照り返す、剃刀《かみそり》の先端を。

「お前が来るのは分かってた。僕は待ってたんだよ。鍵を持っているのは、お前と父さましか居ないんだから」

　たった親指ほどの幅しかない刃が、ひやりと喉に当たる。

　カロンは目だけを動かしてそれをちらりと見やり、今度は冷めた目でユリウスを見た。

「……そんなもので、私を脅《おど》すおつもりですか」

「ああ、そうさ。お前を脅すにはこれで十分だろう？」

　剃刀を持つ手が動いた。痛みが走るのを予想して身構えたが、次の瞬間、その刃はすでにユリウス自身の喉元にあてがわれていた。

「おやめください……！」

「ほら、効果覿面《てきめん》だ」

　場違いなほど無邪気に青年は笑った。悪戯が上手《うま》くいった子供のような顔だった。

「ふざけるのも大概になさい」

「僕は至って真剣だよ、カロン」

　何のためらいもなく、ユリウスは両手を使って刃を頸《くび》に押しつける。

その目はすでに、この世界を見てはいなかった。彼の父親がそうであったように。

――手遅れなのか。

引き離してしまえば彼女の手を逃れられると思っていた。けれど実際には、彼女の埋め込んだ種は彼の中に十年の歳月をかけて根を張っていたのだ。

そして、イザークという抑止力がなくなった途端、それは彼の心臓に狂おしい花を咲かせた。最後には宿主を殺してしまう、美しい毒の花を。

「……ユリウスさま」

その瞬間、カロンの中から、あの日の守るべき幼子は消えた。

蠟燭の火を映すカロンの瞳は、闇の中で冷徹に輝いた。

「そこまで仰るのでしたら、仕方がありません。……あなたがご自身を害されるのは、本意ではありませんから」

この地下室の中にあるものは、本当は、剃刀の刃などよりもずっと簡単に人を殺《あや》めることができるのに――自分はまた、ひどく愚かしいことをしようとしている。

「ですが、私があなたに差し上げられるのは、この部屋の鍵だけです。『彼女』が旦那さまの持ちものであることに変わりはありません。それでもよろしいのでしたら、どうぞ、その危ない物を捨てて、お受け取りください」

カロンが差し出したのは、地下室の扉を開けるための鈍色《にびいろ》の鍵――ただ彼女の在る場所へ通じるだけの、つまらない小道具だ。

物語を開くに相応しい金の鍵は、まだローデリヒの手にある。

ユリウスの手から剃刀がこぼれ落ちて、石畳の床の上で虚しい音を響かせた。

そして彼はカロンから、まがいものの鍵を受け取った。とても、とても大事そうに……。

――さあ、頁をめくらなければ。

カロンは物語に仕える者。彼の主人は今もその心臓を止めてはいないのだから。


ユリウスは十年ぶりに、その扉を開いた。

驚いたことに、夜の地下室はぼんやりと明るかった。外が月夜だからだろう。明かり取りの格子窓から入った光が、向かいの壁に白い模様を作っていた。

明るんだ天井付近に対して、部屋の大部分は暗闇に覆われている。

使われていない部屋に独特の、物寂しいにおいが微かにした。

足元を気にしながら、蠟燭の灯りをかざして部屋の中へと足を踏み入れる。数歩進んだところで目が慣れてくると、ユリウスは早くもその存在に気がついた。

記憶のとおり、それは変わらずそこに在った。

黒い布に包まれた四角い箱だ。

ユリウスはちらりと後ろを窺《うかが》った。しかし、半開きになった扉の向こうに、もうカロンの気配はない。再び箱に視線を戻して、ユリウスは思わず生唾《なまつば》を飲み込んだ。

不意に恐怖に襲われた。

もう十年も前の出来事だ。もしも彼女が人形だったなら、きっとまだ同じ姿でいることだろう。けれど、ユリウスの想像したとおりだとしたら……？

この布を取って目にするのは、とても悍《おぞ》ましいものかもしれないのだ。

そうと分かっていながら、ユリウスはここへ来た。まるで呼ばれているように——あの日の真実を、確かめるために。

ユリウスは布に手をかける。そして、ひと思いに剝ぎ取った。

蠟燭が揺れる。光を反射する、硝子の箱。その中に居たのは。

は、と思わず笑いがこぼれた。

透明な硝子越しに、か細い蠟燭の灯りが映し出したのは、確かに人影だった。

薄っすらとした闇の中、青白い輪郭がぼんやりと浮き上がって見える。灯りを近づければ、それはあの日見た少女とまるで変わっていなかった。

眠っているかのような表情。長いまつ毛に、自然に閉じられた小さな唇。

彼女は胸の上に手を組み、十字架の形をした銀の短剣を握っていた。幼い頃は気がつかなかったが、よく見ればその柄の部分には、何か文言が彫り込んであった。

『エリス　罪深き者よ、安らかに眠れ』

ドクンと心臓が大きく脈打った。

――間違いない。やはり、彼女は人形などではなかったのだ。

「エリス……」

口にした瞬間、それまで形を持たなかった想いや記憶が、急速にはっきりとしていくような気がした。エリス。それが、彼女の名前。

彼女は死してなお同じ姿のまま、十年間、この地下室で眠っていたのだ。まるでユリウスを待っていたかのように――。

ユリウスは彼女を抱きしめるようにして、硝子の棺に腕を回して寄りかかる。

「やっと逢えた……」

硬い硝子は、彼女自身の温度のように心地よくて、ユリウスは目を閉じた。

こんな風に寄りかかっていると、イザークにもたれて眠っていた小さい頃を思い出す。

もちろんイザークは柔らかくて温かくて、ゆっくりと動いていたから、全然違っているのだけれど――そこまで考えた時、はたとユリウスは目を開けた。

そして、今度はまじまじと棺の中の少女を見つめる。

——同じ姿のまま……。

その瞬間、ユリウスの心に兆《きざ》したものは、その時は確かに希望だった。

書斎から出てきた人影は、一瞬、主人の姿に見えた。しかしすぐに、同じ名前をもつ彼の次男であると分かる。

すれ違った彼は、澄んだ青い瞳に不安の色を浮かべていた。

——あんなことがあったのでは、当たり前か。

彼ばかりではない。この館に住む者は皆、姿の見えない何かに怯《おび》えているようだった。

それも無理からぬことだろう。

つい五日ほど前のことだ。昼前に、洗濯物を干しに庭へ出た女中が悲鳴を上げて、館は一時、騒然となった。

裏庭の木の下につくられたイザークの墓が、何者かによって暴かれていたのだ。

埋められてから十日以上が経過していたイザークの亡骸は腐敗が始まり、皆その無惨《むざん》な姿に目を背けたが、そのままにしておくわけにもいかず、墓はすぐに埋め戻された。誰も、そんなことをする人間に心当たりはなく、その事件は不気味な感触ばかりを残していった。

ただカロンにしてみれば、それが誰の手によるものかなど考えるまでもないことだった。

——書斎の扉を叩くと、主人の声が返ってくる。

中へ入ると、主人は窓辺で夏の陽に輝く緑の森を眺めていた。

「旦那さま」

「……ああ。カロンか」

傍に歩み寄ると、ローデリヒが振り返った。

「さっき、あの子がここへ来たよ。兄のことを心配していた……毎晩、地下室へ出入りしているようだ、とね」

逆光の中で、青い瞳が悲しげに揺れた。

——そういうことか。

地下へ下りてゆく兄のことを、弟の少年は目にしていたらしい。

仕方のないことだろう。あれほど頻繁《ひんぱん》に地下へ下りていれば、誰かに見られるのも無理はない。ユリウス自身はもう、周りの様子を気にするような精神状態ではないだろうが。

日中はほとんど部屋に籠もりきりで、食事も満足に取っているのか分からない。イザークが死んでからは塞ぎがちになったが、近頃は輪をかけてひどい状態だった。

——当然だ。イザークの墓を掘り返したのは、他ならぬユリウスなのだから。

地下でエリスの遺体を目にしたユリウスは考えたのだ。十年間も腐敗しない少女の遺体があるのであれば、イザークもまだ同じ姿でいるかもしれない、と。

だが、結論は館の誰もが知っているとおりだ。

もしかすると、弟もまた兄が犯人であることに勘づいたのだろうか——。

とにかく彼は父に相談したのだろう。兄が地下室へ足繁《しげ》く通っているようだ、と。

よりにもよって、最も相談してはいけなかった相手に。

「カロン。君だね？　あの子に、地下室の鍵をやったのは」

主人はカロンをまっすぐに見据えた。

「旦那さま、私は——」

瞬間、衝撃とともに鈍い痛みが顔に走り、カロンはその場へ崩れるように膝をついた。

殴られたのだと、遅れて理解した。左頬が熱をもち、口の中に血の味が広がる。

うめいてその場に倒れ伏すカロンの前に膝をつき、主人はカロンを見た。

「妻の寝所に他の男を招き入れられて、ただで済ますと思ったのかい？」

穏やかな瞳……もう、とっくの昔に狂ってしまった、優しい瞳で。

「申し訳、ございません」

この数年、主人が地下室へ下りてゆくことはほとんどなくなったと言っていい。

だが、それは彼の心がエリスから解放されたというわけでは決してなかった。移り変わりの激しい少年たちの心をイザークが占めていた間にも、主人はゆるゆると果実が腐ってゆくように彼女に侵食されていた。

あの晩……最愛の妹を失ったあとの彼が、妻と妹の写真をすべて暖炉の火に焚べてしまった時から、彼の幻想は少しずつ堅固なものとなっていった。

初め、彼はいつまでも変わらず傍に在り続ける存在として、エリスを愛したはずだった。そう……確かに、最初は彼女を「彼女」として受け入れていた。彼は「妻に似ている」と言ったが、長いあいだ亡き夫人の写真は彼の枕元に飾られていた。

だが、彼の妹が馬車の事故で亡くなり、その幼い息子を引き取った頃から、ローデリヒの認識に何らかの歪《ひず》みが生じはじめたのだ。

彼は急速に、エリスにのめり込んでいった。

華奢な身体と浮世離れした白い肌は彼の亡き妻を——そして、淡い色の髪と幼さの残る顔立ちは彼の妹を偲《しの》ばせる、その遺体の少女に対して。

彼の中ではすでに、妻も、妹も、エリスも、同じものなのだ。それは無言のまま彼の傍らにあって、二度と失われない……決して失われてはいけない、愛しき死者たちだった。

「なぜ、あの子に鍵を？」

「イザークの死に、ひどく心を痛めておいででしたから。……旦那さま。初めてお会いした時の、あなたのように」

ローデリヒは虚を衝《つ》かれたように押し黙った。そして、言う。

「あの子は私によく似ている。……愛してはいけない者を、愛してしまうところまで」

主人は悲しげに笑った。

「旦那さま」

「かわいそうな子だ」

すまなかったねと言って、ローデリヒはカロンの手を取り、立ち上がらせる。

その刹那《せつな》、脳裏に浮かんだのは、あの森で沼地に沈みかけていた男を救い出した、若き日の彼の姿だった。その温かな手は昔よりも幾分か骨張っている。

「私は彼女を愛している。だが私は歳を重ね、彼女はずっと若く美しいままだ。そう……変わらないで、同じ姿で傍に居続けてくれることを、私は望んだのだから――」

二十年という月日は、暗い色をした彼の髪に白いものを交ぜ、目元と口元に小さな皺《しわ》を作っていた。それでもカロンにとって、彼は相変わらず美しかった。

彼の破滅の物語を見てみたいと思った、あの時のまま。

「あの子は、ずっと部屋に籠もっているのだね？」

「ええ……昼間はずっと」

「そうか。若者の生活として、とても良いとは言えないな」

そういえば、と思い出したように主人は言った。

「君がここへ来てから、何年になる?」

「……そろそろ二十年になるかと」

「そう、そんなに経つのだね。不思議だ。君はあの頃から変わらないように見える」

それはカロン自身も自覚していることだった。

時を止めた少女の遺体を運びながら、彼女を巡ってあまりにも短い命を散らせてゆく者たちの姿を見ているうちに、「カロン」は時間の流れから隔絶されてしまう。

昔、カロンに硝子の棺を譲り渡した男——先代のカロンもそうだった。

年齢の分からない不思議な相貌《そうぼう》。印象に残る顔ではないにもかかわらず、眼光だけは異様に強いあの男のように、自分もまた「彼女」によって存在を捻《ね》じ曲げられている。

人の顔には必ず、その人間が過ごしてきた時間が刻まれてゆくものだというのに。

「……私も、相応に歳を取っておりますよ。二十年、この館で旦那さまと同じ時を過ごしたのですから」

そうだね、と呟いて主人は窓の外を見る。そして、思い出したように言った。

「この館も、私たちと同じだけ歳を取った。祖父の代からの館だ。そろそろ修繕が必要になってくる場所もあるだろう。……地下室の錠前などは錆《さ》びついてくる頃合いかな」

「……旦那さま」

近いうちに鍵を替えさせよう、と言う主人の表情は見えなかった。

「坊ちゃん！　ユリウス坊ちゃん、おやめください……！」

そんな悲鳴が背後から聞こえてくる。

地下室の鍵が——自分のもつ灰色の鍵が、彼女のもとへと至る楽園の鍵ではなくなってしまったと知った時、ユリウスの中で何かが壊れてしまった。

なんとかこじ開けようと、ガチャガチャと錠を動かしてみたり、元の鍵をねじ込もうとしたりしたが、どうにもならないと分かってからは、発作のように、地下室の扉を殴ったり、引っ掻いたり、体当たりしたり……。

暴走する感情の歯止めが効かなかった。

途中で何枚か爪が剝がれたが、痛むのはもっと別の場所だった。

「——兄さん、何してるんだ！」

止めにやって来た弟までも、ユリウスは突き飛ばした。

自分が獣《けもの》になってしまったようだった。けれど、どうしようもない焦燥と耐え難い悲しみとの前では、人間でいることになど何の魅力も湧かなかった。

「あ、ああ、あ……ァ」

涙が乾いて頬が冷たくなっていた。

声は嗄れ果てて、ユリウスはその場にずるずると崩れ落ちた。

廊下の向こうからゆっくりとした靴の音が聞こえてくる。聞き慣れた足音だ。

「旦那さま……坊ちゃんが……」

「お前たちは部屋に戻りなさい。しばらく私たちだけにしておくれ」

落ち着いた声が、点々と蠟燭が光るだけの暗い地下に響いた。安堵した様子で引き返してゆく使用人たちの足を、ユリウスはぼんやりと見ていた。

優しい弟が弾かれたように駆け寄ってくる。

「手当てしないと……」

しかし、兄を助け起こそうとする弟の前に、父が静かに立ちはだかった。

「お前も、もう寝なさい。明日には学校へ戻らなければならないのだろう」

「でも……」

戸惑う弟の肩を支え、「参りましょう」と落ち着いた声を掛けるのはカロンだ。

「私も治療道具を取りに戻りますから、ご一緒に……大丈夫。お兄さまには、旦那さまがついていらっしゃいます」

弟はまだ何か言いたげだったが、父が居るという安心もあってか、カロンに背中を押されるままに歩み去っていった。

その場には、ただ父とユリウスのみが残された。

「皆、仕事が終わって疲れているんだ。早く自分の部屋に戻りなさい」

頭上から聞こえる父の声色《こわいろ》は、いつものように優しかった。

なぜユリウスがこれほど苦しんでいるのか、すべてを知っているにもかかわらず。

「……鍵を」

それでも、ユリウスには父に縋《すが》るしか方法がなかった。

きっとカロンですら、もうこの部屋の鍵は持っていない。たとえ持っていたところで、二度とユリウスには渡してくれないだろう。鍵そのものを付け替えてしまうほどの父に、カロンはこれ以上、歯向かえないはずだ。

幼いあの日、地下室へ入ったユリウスに父が見せた表情がまざまざと思い出された。

「もう休暇も終わるというのに、夜ばかり起きて昼間寝ているだなんて生活を続けるのはやめなさい。学業に支障が出るだろう」

不自然なほどに父は冷静だった。ユリウスの様子を見れば勉強どころではないことくらい分かるはずなのに……あくまでユリウスの苦しみを無いものとして扱おうとしているようだった。声を嗄らすほどの、血を流すほどの想いを。

項垂れたまま、絞り出すようにユリウスは懇願する。

「鍵を……ください……どうか、父さま……！」

カロンを脅した時のように、父を脅すか？　一瞬、そんな考えもよぎった。

けれどユリウスはやはり怖かったのだ。まだ、父を愛していたから。

「お前は昔から賢い子だ。そんなことをしても、どうにもならないと分かっているはずだ。お前が子供の頃にも言ったね。この部屋にはもう、近づいてはならないと」

自分の喉に剃刀をあてがうユリウスを見た時――。

「鍵を！　お父さま、鍵を、ください、僕は――」

父がいつもと同じように、穏やかな表情で笑うかもしれないと。

それを見るのが、怖かった。

「僕は彼女を愛してるんだ！」

血を吐くように叫んで、ユリウスは顔を上げた。

目の前に父の顔があった。底冷えのしそうな青い目が、まっすぐにユリウスを見ていた。

膝をついて息子と目線を合わせる父親は、その手でそっとユリウスの両肩を摑んだ。昔、息子を安心させようとする時に、よく父がしてくれたように。

不意に感じた温度に、ユリウスは反射的に泣きそうになった。しかし——。

「あれはお前たちの母親だ」

父の口から紡《つむ》がれた言葉に、ユリウスの涙は一瞬で凍りついた。

「え……？」

憐《あわ》れむような声。父の言うことを、うまく呑みこむことができない。

エリスが、ユリウスの——。

「お母さま……？」

物心つくまえに亡くなった母。昔、写真を見た時に「綺麗な人だ」と思った記憶はあるが、顔は滲《にじ》んだようにぼやけて思い出せない。昔見たはずの写真もどこへ行ってしまったのか、いつの間にかなくなっていた。

思い出せないから、父の言葉を否定することもできない。もし父の言うことが本当だとしたら、ユリウスが恋をしていたのは——。

「嘘《うそ》だ……」

あまりにも恐ろしい、罪深い想像に囚《とら》われそうになる。

しかし恐慌状態《きょうこう》にあってもなお……いや、否定したい事実であったからこそと言うべきか、父の言葉が矛盾《むじゅん》していることにユリウスは辛《かろ》うじて気がついた。

「そんなはず……エリスは、どう見ても十代の女の子だ」

母が死んだのは二十三の時だと聞いた。若いことには変わりないが、それでも十六、七の娘と二十三の婦人では容貌も違ってくるはずだ。それに——。

「それに、僕と弟《ロディ》は、本当の兄弟ではないのでしょう……？」

父は「お前たちの」と言った。しかしユリウスの母は、弟が生まれる何年も前にこの世を去っている。弟の母にあたる女性は父の妹であり、ユリウスにとっては叔母だった。

父は寂しそうな顔をした。そして、言ったのだ。

「悲しいことを言わないでおくれ。お前たちは本当の兄弟じゃないか」

ユリウスは慄然《りつぜん》とした。

父はどこまでも正気に見えたし、ユリウスは自分がまともではないことを自覚していた。

それでも、父の言葉は、取り返しがつかないほどに壊れていた。

——また同じだ。

エリスのことに触れる時、父はユリウスの知らない男になる。

父は物憂げにため息をついて目を閉じ、しばらくしてから再び開いた。私も悪かった、と父は言った。

「お前はこんなに思い悩んでいたのだね。……当たり前だ、家族《イザーク》が死んでしまったのだから。私には『彼女』がいたが、お前たちにはイザークしかいなかった。……ユリウス」

労《いたわ》るように息子の名を呼び、父は傷だらけになったユリウスの手を優しく取った。思い出したようにズキリと鋭い痛みが走り、ユリウスの顔が歪む。

「お前は彼女を愛している。そう言ったね？」

「……はい」

「それも当然のことだ。彼女はお前の、愛すべき母なのだから」

「ッ……お父さま、それは――」

「そう言っておくれ。でなければお前を、彼女に会わせてやることはできない」

最後の一言だけが、突き放すように冷たかった。つまり、父はこう言っているのだ。

彼女への恋を諦めなければ、彼女へと続く扉は二度と開かれない、と。

ユリウスは唇を噛み、父を睨《にら》みつけた。――生まれて初めて、父を、憎いと思った。

それでもユリウスに選択肢《し》はない。彼女に逢えなくなることよりも絶望的なことなどないのだから。だから、言うしかなかった。

「……お父さま。お願いです……『お母さま』に会わせてください」

服従させられ、這《は》いつくばる犬のように。

そして父は嬉しそうな微笑みを浮かべ、ユリウスの頭を撫でた。

「もちろんだ」

ユリウスを立ち上がらせると、父は一本の真新しい鍵を取り出した。そして、新たに取り付けられた錠前にそれを差し込んで、ゆっくりと回転させる。

小気味よい音を立て、錠前はあっさりと外れた。軋《きし》んだ音を立てて扉が開く。

部屋には濃密な闇が満ちていた。父の手にするランプの灯り以外には、一筋の光もない。

父の足取りに迷いはなかった。「その場所」まで歩いてゆくと、いつもユリウスがそうしていたようにその場へ跪き、灯りを床に置く。そして、周囲の闇と区別のつかない、暗幕のような真っ黒な覆いを払い除けた。

揺れるランプの灯りを、透明な硝子が照り返す。

絹かと見紛《みまご》う艶やかな髪の流れ。浮かび上がる輪郭。光と影が少女の顔の上で綾《あや》をなす。

こんな状況にあってなお、彼女を目にすると湧き上がってくるのは歓びだけだった。

――やっと逢えた。愛しい、僕の……。

吸い寄せられるように彼女のもとへと足を踏み出した時、彼女は再び、闇に覆われた。

「私のエリス」

ぞっとするほど優しい手つきで、父の手が硝子の蓋に触れていた。寄り添うように棺にもたれかかり、父は湿った声で彼女に囁きかける。

「久しぶりだね」

愛する者との逢瀬《おうせ》を交わす男の息遣いに、ユリウスは衝動的に耳を塞ぎたくなる。

――ああ、いやだ。

目の前で、父の指が棺の継ぎ目をなぞってゆく。そして、その指先が棺の中央を飾る金細工に触れた時だった。

かしゃん、と金属の擦《こす》れあう音がした。ユリウスは驚愕する。

単なる装飾にしか見えなかったその部分には、何らかの仕掛けがあったらしい。どこから取り出したものか、父の手にある何かが、僅《わず》かな光を受けてきらりと輝いた。

――鍵だ。

それは確かに鍵の形をしていた。硝子の棺を縁取る細工と同じ色をした、小さな金の鍵だった。それが何のためにあるかなど今更考えるまでもない。ユリウスが欲しくても手に入れることができなかったそれを、父はずっと隠し持っていたのだ。

その鍵を父は、棺の金具にあてがった。おそらくは、そこにある鍵穴へと――。

「逢いに来たよ」

鍵の回転するささやかな音が、地下室に響いた。

開いた継ぎ目へと手を差し入れて、父は硝子の蓋を持ち上げる。蝶番《ちょうつがい》が回り、ユリウスの前で白雪姫の棺が開かれてゆく。

「さあ、おいで、ユリウス」

ユリウスに背を向けた父は、棺の中へ腕を差し入れると、冷たい少女の上体を抱きしめるように持ち上げる。柔らかな髪が一房、はらりと音もなくこぼれた。

暗闇の中、父の陰になって彼女の顔は見えない。

父の指は少女の頭を優しく撫ぜ、頬ずりをするように顔を寄せる。そして、ユリウスのほうを見た。暗く塗りつぶされた父の顔の中で、青い二つの眼だけが爛々《らんらん》と光っていた。

「私たちの愛しい息子」

いつかの記憶が蘇る。父の隣に立つ小柄な女性。父は彼女を愛おしそうに抱きしめる。陽光を受けて、淡い色をした髪が黄金のように輝いている。

彼女の顔はぼやけて思い出せない。——思い出してはいけない。そんな気がした。

確かなことは、父の愛した人はもう、この世のものではないということだ。そして、この世のものではない者を、いつまでも傍で愛し続けることを願っているということだった。

「お父さま……」

ユリウスは呆然としながら歩みだす。

「何だい、ユリウス」

「その人が、僕とロディの、お母さまなのですか」

「ああ、そうだよ」

力なく父の腕に委ねられた身体は、今や硝子の向こうのものではない。

——ああ、ロディ。父さまは狂っているよ。僕らは死者の息子だったんだ。

父の前に膝をつき、偽《いつわ》りの「母」に向かって手を伸ばす。

「……では僕は、お母さまに恋をしてしまったのですね」

その頰へ触れようとした瞬間、父の手がユリウスの手を強く摑んだ。爪の剝がれた指先にぎりぎりと圧力が加わり、ユリウスは思わず痛みにうめき声を上げる。

「何度も言わせないでくれ。ユリウス」

「う、あああ……アア」

「私はお前を泥棒として育てたつもりはないよ」

激しい痛みが引き起こす吐き気にえずき、床に転がってのたうち回るユリウスに、父は淡々と言い放った。

同時に駆けつけてくる足音がして、背後で扉が開く。助け起こそうと腕を回してくる父ではない誰かの手は、驚くほど冷えきっていた。

——エリスの肌に触れたなら、きっと、もっと冷たかったのだろうな。

そんなことをぼんやりと考えながら、ユリウスの意識は落ちていった。


「兄さんを頼んだよ、カロン」

そう言い残して一人、馬車に乗り込んだ少年は、最後まで不安げな面持ちだった。

夏の休暇が終わるため、彼は学校へ戻らねばならなかった。心を壊した兄と様子のおかしい父親を残して館を去ってゆくことは、彼にとっても気の重いことだったろう。

「お気をつけて行ってらっしゃいませ、坊ちゃん」

少年の言葉に頷くことはせず、カロンはただ使用人の礼をするだけだった。彼の信頼に応えられないことは分かっていたから。

森の館には不気味な沈黙が落ちていた。誰もが忌まわしいものの気配に気がつきながら、それを口に出すこともできず、ただ息を殺しているようだった。

明るく利発だった長男は見る影もない。あの夜の一件以来、ユリウスは日がな寝台の上でぼんやりしている。——彼の心はもう、戻ってこないかもしれない。

一方の主人は表向き、普段と変わりなかった。あれほどのことがあったにもかかわらず落ち着き払った主人を、使用人たちは内心、薄気味悪く思っていたことだろう。
だがローデリヒは、もうずっと前からおかしくなり果てていたのだ。
彼が穏やかに見えているのは、彼の心の安寧《あんねい》を保っているのがエリスだったからだ。
ローデリヒにとって、エリスはもはや心臓に等しい存在だ。ただ彼女が存在していると
いうだけで彼は満ち足り、そして誰にも奪われぬよう地下室を閉ざした。
心臓を奪われそうになれば、誰しも抗うほかない。
放り投げた硝子の器《うつわ》が地面に叩きつけられるのを待つように、カロンはただ、館の崩壊
を待っていた。
書斎に見当たらない主人を探して隣の図書室へ入ると、果たして彼はそこに居た。
夏の終わりの透き通った陽光が眩しく、カロンは目を細める。扉を開けてすぐの書棚の
前で、ローデリヒは石像のように動かず、手にした本の頁に目を落としている。
「――ユリウスは？」
顔も上げずに、主人は表情のない声で訊いた。
「お怪我のほうは快方に向かっておりますが……」
そっと主人の傍らへ歩み寄ると、手元の本は見覚えのあるものだった。
彼は文字を追っていたわけではなく、単に眺めているだけらしかった。視線の先にある

のは、仔鹿と少女を描いた扉絵だ。

「兄と妹……ですか」

それは、継母から虐待《ぎゃくたい》された兄妹が、手に手を取って森へと逃れる物語だ。森を歩くうちに喉の渇いた兄は、呪いの泉の誘惑に打ち勝てず、ついにはその水を口にして仔鹿の姿に変えられてしまう。嘆き悲しんだ妹は、兄が自分から逃げていってしまわぬよう、自分の付けていた金の靴下留を首輪にして兄を繋ぎとめる。そして兄妹は二人きり、森小屋の中で暮らすのだ。森へ狩りにやって来た国王が妹を見初《みそ》め、彼女を妃に迎えるまで。

絵の中で、金の巻き毛の少女は安らかな表情で仔鹿にもたれかかり、目を閉じている。傷ついた兄妹は束の間、幸福な夢を見ているようだった。

「鹿になった兄は幸せだったろう」

ローデリヒはぽつりと、そう言った。森の奥に一人取り残されてしまった子供のように、心細げな声だった。

「美しく成長してゆく妹の傍にいるために、兄は仔鹿にならねばならなかったんだよ。角さえ持たない無害さと、遠くまで逃げてゆくことのできる敏捷《びんしょう》さ……それがなければ森の奥で二人、暮らしてゆくことなどできはしないのだから。——いつまでも兄と妹のままで」

カロンは黙って主人の言葉を聞いていた。

あえて問い返すまでもない。カロンには、随分と前から分かっていたことだ。

「私は人間の、のろまな脚《あし》で逃げるしかなかった。けれど鹿になれない代わりに、私は人として人を愛することができた。……妻がそれを教えてくれたのだ。私は彼女に恋をすることはなかったが、彼女と過ごす時間は心地よく、逃げ疲れて渇ききった私の心を癒やした。彼女は私に、祝福された幸せを与えてくれた。だが……あまりに早く、彼女は死んだ」

遺されたローデリヒの前に広がっていたのは、どこまでも続く深い、深い森だった。ひとりきりで、彼はその森を彷徨わなければならなかった。

愛しい者の忘れ形見がいようと、良き使用人たちに囲まれようと、彼は独りだった。

飢え渇く彼に森は囁く。「早く楽におなり」という声が響いてくるのは、喉を潤す命の泉ではなく、気怠げな死を湛《たた》えた沼だ。

けれど、そんな彼のもとへ、まっすぐに駆けつけてくる者があった。

「――私は立ち止まってしまった。逃げきることは、もうできなかった」

そして、暗い森の奥で、彼女《マレーナ》は兄を繋ぎとめたのだろう。

――彼ら二人の間で秘された物語を紐解くつもりは、カロンにはなかった。

いずれにせよ運命の女神は、ローデリヒに再び孤独をもたらしたのだ。彼を自らの伴侶《はんりょ》とするために。

妻を亡くし、特別な想いを傾けていた妹までも失ったローデリヒは、あらゆる愛をエリスという器――決して失われることのない不朽の器に移し替えた。

「神話のエリス……彼女は確か、有翼の女神だったね」

ふと、ローデリヒが呟く。彼の視線の先には、眠る兄妹の上で白い翼を広げている天使の姿があった。銅版画特有の陰影が神秘的に浮かび上がらせる面差しは、どこか妹娘のそれに似ている。一瞬目を閉じているかに見えるが、細く開けられた瞼の下からは黒い瞳がわずかに覗き、兄妹をまっすぐに見下ろしていた。

「……あの子の執着を解いてやることはできないのだろうか」

主人の問いに、カロンはただ目を閉じて首を振ることしかできなかった。

「旦那さまが誰よりもご存じのはずです」

その時だった。

壁越しに隣室から微かな物音が聞こえ、主人とカロンは同時に振り向いた。

壁の向こうは書斎だ。ノックの音は聞こえなかった。――使用人ではない。ならば。

視線を交わした二人は、互いが同じことを考えていると悟った。

そして、書斎へ戻った彼らが目にしたのは、憑かれたように机の抽斗を開けては中を漁《あさ》るユリウスの姿だった。

抽斗の中身はことごとく引きずり出され、辺りには書類が撒き散らされている。

ユリウスの目は血走り、眼光ばかりが鋭かった。

制止するカロンの声も、もはや彼には聞こえていないようだった。

「これが欲しいのだろう」

自分が壊してしまった息子に向けて、ローデリヒは静かに言った。

そして、ユリウスの前に掌を広げてみせる。

それを見たユリウスは、ぴたりと動きを止めた。手の包帯はほとんど解けかかっていた。

「ユリウス。私が間違っていたよ」

「父さま……」

「最初から、こうすべきだったのだ」

おもむろにローデリヒは窓を開け放った。その先には、夏の陽光を浴びて輝く緑の森が広がっている。ユリウスが碧の目を見開く。

「父さま、やめて……」

父のもとへと駆け寄るユリウス。しかし腕を摑まれるより早く、ローデリヒは手にした鍵を、遠く森の中へと投げ放った。

鍵は森の中へと吸い込まれてゆく。

窓枠を摑み、ユリウスは染みひとつない景色を呆然と見ていた。

「もう彼女のことは忘れなさい、ユリウス。私は、お前に――」

生きてほしいのだ、という父の言葉を、彼が最後まで聞くことはなかった。

苦しみに喘《あえ》ぐような声で何事か叫びながら、彼は書斎から駆け出して行った。

――そしてそれが、ローデリヒが生きた息子を見た最後となった。


「沼に足を取られたようです」

誰かがそう言った。

青ざめた息子の亡骸は水に濡れ、微かに饐えた泥の臭いをさせていた。それでも、「坊ちゃんを床に寝かせておくわけにはいかないから」と言って、使用人たちはすすり泣きながら彼を寝台に横たわらせた。

動かなくなった息子を、ローデリヒは黙って見下ろしていた。

「――しばらく、二人にしてほしい」

たった一言、それだけを絞り出すので精一杯だった。

皆が出て行ったあと、ローデリヒは寝台に腰掛け、息子の額を、頬を撫ぜた。冷たく、湿った感触だった。栗《くり》色の髪は濡れて額に貼りつき、唇は紫色になっている。

自分の首元に手をやると、紐に通して服の中に提《さ》げていた物を引きずり出す。

――鈍色の鍵と、金色の鍵を。

ローデリヒが窓の外へ投げたのは、ただのガラクタだ。息子を諦めさせるためだけに投げた、偽物の鍵だった。落ちてゆく鍵を見て諦めてくれればよいと思っていた。

だが結果として彼は、その偽物を摑むためだけに死んだのだ。

涙も出なかった。抱えきれないほどの罪と死とが、ローデリヒの存在そのものを押し潰そうとしてくる。それに抗うことですら、してはならないことに思えた。

ユリウスの顔には不思議と苦悶《くもん》の表情は浮かんでいなかった。沼に溺《おぼ》れて死んだのだ。さぞ苦しかったであろうに――。

ふと視線を移すと、白くなった右手がきつく握られていた。ローデリヒはそっとその手を両手で包み、指の一本一本を引き剝がすように開いていった。そして、顔を歪める。

中から現れたのはただの灰色の小枝だった。

最期に、彼は「彼女」の鍵を摑んだと思ったのだろうか。

幽鬼のようにローデリヒは立ち上がった。廊下に出ると、涙で目を腫らした女中が控えていたため、「できる限り綺麗にしてやってほしい」と言い置いて、部屋を後にした。

導かれるようにして、ローデリヒは地下へと下りてゆく。

そして、閉ざされた扉を鈍色の鍵で開いた。

黄昏が近づく中、格子の嵌った高窓からは淡い光が差し込み、部屋の中はぼんやりとした黄色に染まっていた。その光さえ届かない薄闇の中、硝子の棺はそこに在った。

童話から抜け出してきたかのような美しい少女――ローデリヒの愛した者。彼女は二十年前から少しも変わらぬ姿をしている。

ローデリヒは跪く。彼女がここへやって来た日にも、そうしたように。

彼女の手元で、銀色の短剣が暗い輝きを帯びている。

『エリス　罪深き者よ、安らかに眠れ』

扉の開く音がした。誰が入ってきたかなど確かめるまでもない。

「……二十年前、あの沼で君を助けた時から、こうなることは決まっていたのだろうね」

棺の金具を回し、金色の鍵を挿すと、ローデリヒは棺の蓋をゆっくりと開いた。

そして、愛しい妻の亜麻色の髪をそっと撫ぜる。

「あの日、あの場所で、私は死ぬべきだった……あの子は」

目を閉じれば、水に濡れて青白い顔をしたユリウスが自分を視《み》ている。

「あの子は私のはずだった――」

振り向いて目を開けると、扉の前に、無表情で佇むカロンがいた。

「後悔しておいでででしょうね。私を助けたことを」

彼は、やはり二十年前から変わらない不思議な光を灯した瞳で、ローデリヒを見た。

ローデリヒは一瞬、顔を歪めてから、深く息を吐く。

「――できないよ。君を助けたことだけが、正しかったことなのだから」

ローデリヒは立ち上がる。いつかと同じように、二人は向かいあっていた。

「すべては私の罪だ」

神に逆らい、破滅の女神に永遠を願った。

彼女に生かされた二十年の果てにあったのは、本来見るべくもなかった息子の死だ。

生きるほどに失っていった。それでも、彼女の見せてくれる優しい夢を手放せなかった。

その代償として支払われたのがユリウスの死であったなら、ローデリヒに残された贖罪の方法は、ただ一つしかないだろう。

ローデリヒは金の鍵をカロンに差し出した。

「これは君に返すよ。……私には、もう必要のないものだ」

「――かしこまりました」

すべてを悟ったような口調で、カロンは言った。

そして彼が掌の上の鍵を取り上げようとした時だ。ローデリヒはその手を強く摑んだ。

「一つ、聞かせてほしい」

「……何なりと」

「あの子は――私と同じ名前のあの子は、まだ間に合うのか？」

目を瞠《みは》るカロンに、ローデリヒは言った。一点の曇りもない、青い瞳で。

「お願いだ、カロン。主人からの最後の頼みだ」

――自らを彼岸へと運ぶ、地獄の渡し守の手を取って。

息子を死なせないでくれ、と。


森の館の主人が自ら命を絶ったのは、その晩のことだった。

◇　◇　◇

カロンが告げた「事実」を、少年は呆然とした表情で聞いていた。

見開かれた瞳は、彼が父と慕い、カロンが主人と仰いだ男と同じ色をしていた。

綺麗な色だと思った。

二十年前、死んでいるはずだった自分を今日まで生かしたのは、この色だった。

けれど、彼がそれを知る必要はない。そして彼がなぜ、これほど強く主人の面影を偲ばせるのかも——。

「坊ちゃん……どこまでもあなたに不幸をもたらすことしかできない、この罪深い使用人のことを、どうぞお恨みください」

今からカロンがこの少年に与えるのは、ある意味、死よりもずっと残酷な運命だ。

それでも、この子を死なせるわけにはいかなかった。それが、主人が使用人である自分に最後に与えた仕事だから。

一瞬、傍らの棺をちらりと見やる。

厄災の女神が、これほどまで長い時間をこの館で過ごしたのは、この時のためだったのだろうか。次に彼女の棺を担うべき者が、この館に現れると知っていて、彼女は主人を生かし続けたのだろうか。

カロンは静かに少年の手を取った。温かな若者の手――その掌に、カロンは冷たい金の鍵を握らせた。彼女を目にし、いつまでも朽ちない彼女の神秘に触れながら、この少年はまだ生きている。その事実がすべてだった。

物語の扉を開く、金の鍵。少年の瞳に、その輝きが宿っていく。

彼はこれから、幾つもの物語を目にし、幾つもの命を彼岸に送り、そして彼女を運び続けるだろう。自らもまた、彼岸の岸辺に降り立つ時まで。

そう……少なくともその時まで、彼女は彼を生かし続けるはずだ。

物語は、あらゆる人間を殺すことができる。唯一、その読み手のみを除いて。

読む者がいなければ、頁はめくられず、物語は永久に進まないのだから。

エリスにカロンは殺せない。そして、カロンにもエリスを滅ぼすことはできない。

――坊ちゃん。あなたもいずれお分かりになるでしょう。

エリスという毒花がカロンにのみ与える、至極の蜜の味。それこそが、カロンがエリスを忌みながら、それでもなお運び続ける理由。

――旦那さまの物語は、永久に私だけのものなのです。

自分たちは、互いが互いのために死に損なった。

だから今度こそ、沈んでゆく時には共に——たとえ、その心が彼女のものだとしても。

目を見開き立ちすくむ新たな棺《カロン》の担い手の脇をすり抜けて、男は棺の前に膝をつくと、少女の手に握られた短剣の柄を握り、鞘《さや》から抜き取った。

そして迷うことなく、その切先を自分の頸に向ける。

「旦那さま……ああ、やっと——」

——あなたの、お傍に。

あなたと共に朽ちてゆくことができるのは、彼女ではなく私なのだから。

男は静かに本を閉じた。わずかに起こった風に、ふわりと鼻先をかすめた花のような芳香は、古びた紙の発する匂いだった。

刹那《せつな》、遠い昔の残像がよぎる。

過ぎ去りし頃、冬の館を温めたものは赤々と燃える暖炉《だんろ》の火ばかりではなかったはずだ。誰かの胸に背を預けながら、めくるめく御伽噺《おとぎばなし》の世界に想いを馳《は》せていた、あの日の少年の名前を、男は時折思い出せなくなる。毎日のように語らった友の名を、何度も読み返したはずの小説の登場人物を、気がつけば忘れてしまっている時のように——今の自分とは関わりを失ったものとして。

雪に閉ざされた館はどこまでも静かだった。

——戻らない過去も、空想の世界も、存在しないという意味では同じものだ。

届かないものに手を伸ばすように人は物語を求める。

だとすれば、誰よりも「彼女」の物語を渇望する男は、そして代々の「渡し守」たちは、何を手にしようとしてきたのだろうか。満たされることのない欲望の果て、此岸《しがん》と彼岸《ひがん》を往来し続ける終わりのない旅の果てに、どこへ辿《たど》り着こうとしているのだろうか。

男は本を書棚へと戻し、気まぐれにその隣にある同じ装丁の本を手に取る。物語の庭は巻を跨《また》いで続いていた。

無造作に頁《ページ》をめくり、やがて最後の物語へと至った時だった。

紙切れのようなものがひとひら、頁の間から滑りだし、音もなく床の上に落ちる。

本を手にしたまま、男はその紙切れを拾い上げた。

それは古い肖像写真《ポートレイト》だった。

葉書よりも小さな長方形の中に、セピア色をした乙女の横顔があった。

毛先にかけて緩く波打つ髪を、後頭部のリボンで半分上げた幼《おさな》げな髪型。新雪のように白い首筋。精妙な隆起を描く頰《ほお》。つんと結ばれた唇は、単色の写真の中でさえ艶《つや》やかに色づいて見える。煙《けぶ》るような睫毛《まつげ》が影を落とす瞳の色は、黒く翳《かげ》って窺《うかが》い知れない。

写真の中で時を止めた、永遠の少女がそこにいた。本の中で男を待っていたかのように。

少女は、今もなおこの館で眠り続ける存在に、どこか似ているようにも見えた。——無論、せいぜい数十年前に撮られたと思しき写真の少女が「彼女」でないことは確かだったが。

過去の一瞬を留める写真の四角い枠は、標本箱のようでも、棺のようでもある。

そこに在り、触れることもできるのに、どうしようもなく遠いもの——思い出とは、もしかすると彼女の横顔をしているのかもしれなかった。

写真を裏返せば、黄ばんだ紙の隅《すみ》に見覚えのある筆跡があった。

流麗なインクの曲線はこの館の前の主のものだ。そして、そこに綴《つづ》られた名前は——。

立ち尽くす男の青い眼が、微《かす》かに震えた。

すでにこの世を去った者たちは、この本の森の片隅で静かに肩を寄せ合い眠っていた。

その物語は秘められ、もはや男のために開かれることはない。

男は手元の本に目を落とした。童話集の最後の物語は、ごく短いものだった。


地面に深い雪の降り積もった、とても寒い冬のある日、貧しい男の子は橇《そり》で出かけて薪《まき》を集めなければなりませんでした。薪を橇に積み終えると、あまりにも寒かったので、男の子は薪に火をつけて温まることにしました。

男の子が雪をかき分けていると、小さな金の鍵を見つけました。鍵があるなら鍵穴もあるはずです。……箱には、やっとのことで見つけられるくらいの小さな穴がありました。

試しに鍵を挿《さ》してみると、鍵はぴたりと合いました。

男の子は鍵を回しました。

私たちは男の子が蓋《ふた》を開けるまで待たなければなりません。そうすれば——。


——その箱の中に、どんな素晴らしいものが入っているか分かるでしょう。

物語はそう結ばれていた。

箱の中に何があるのか、そこには何一つ書かれていない。それは本当に宝の箱かもしれないし、忌《い》まわしい厄災《やくさい》の箱だったのかもしれない。

だが、この物語がこの本を締めくくる位置に置かれたのなら、箱の中身は決まっている。金の鍵を得た少年が箱を開けた時から、お話は再び語りだされるのだから。

男は目を閉じる。

瞼《まぶた》の裏に浮かぶのは、硝子《ガラス》の箱に眠る少女の姿をした、一つの御伽噺《メルヘン》だった。

物語は悠久《ゆうきゅう》の時を渡ってゆく。それを語り、あるいは書き残した人間たちが悉《ことごと》く死に絶えたあとまでも。いずれ死にゆく運命を負いながら、永遠に手を伸ばす儚《はかな》い人間たちの想いを吸い上げて——ただ在《あ》り続けることだけを存在の意味として。

鍵を開ける者を、彼女は待っている。

集英社オレンジ文庫をお買い上げいただき、ありがとうございます。
ご意見・ご感想をお待ちしております。

● あて先
〒101-8050　東京都千代田区一ツ橋2-5-10
集英社オレンジ文庫編集部 気付
柳井はづき先生

花は愛しき死者たちのために

罪人《つみびと》のメルヘン

集英社
オレンジ文庫

2023年1月25日　第1刷発行

著　者　柳井はづき
発行者　今井孝昭
発行所　株式会社集英社
〒101-8050東京都千代田区一ツ橋2-5-10
電話【編集部】03-3230-6352
【読者係】03-3230-6080
【販売部】03-3230-6393（書店専用）
印刷所　図書印刷株式会社

ISBN 978-4-08-680487-5 C0193

集英社オレンジ文庫

松田志乃ぶ

仮面後宮

女《おんな》東《とう》宮《ぐう》の誕生

疫病の流行で三人の東宮が立て続けに
亡くなった。神託を授かった老巫女が
「東宮に皇女をたてよ」と告げたことで
両親を亡くし宇治で弟妹と貧しく暮らす
火の宮も東宮候補に挙げられて…。

集英社オレンジ文庫

夕鷺かのう

葬儀屋にしまつ民俗異聞

鬼のとむらい

老舗葬儀屋の跡取りである西《にし》待《まつ》は
訳ありの葬儀を請け負う特殊葬儀屋。
民俗学に精通した兄・東《あずま》天の知識を
借りながら、面妖な依頼と向き合い、
謎を解いて死者を弔っていく…。

好評発売中

【電子書籍版も配信中　詳しくはこちら→http://ebooks.shueisha.co.jp/orange/】